ドキュメント年の差婚！

28歳年上の夫から学んだ夫婦円満の秘訣

花 ゆこ（著）

はじめに

私が夫と出会ったのは21年前の夏。

ほとんど喧嘩することもなく、お陰様で仲の良い夫婦だと思います。朝のおはようから始まり、ささやかながら手作りの朝ごはんを一緒に食べ、好きなドラマを一緒に観て、冗談を言って笑ったり、寝る時には足を絡めたり、手を握ったりしますし、夫の後ろから手を回して抱きつくように眠ることもあります。

そんな私たちですが、結婚するまでには2つの大きなハードルがありました。

一つは28歳年の差があること。夫は昭和16年生まれ、私の父は昭和14年生まれ、母は昭和17年生まれと、言ってみれば父と母の年齢のちょうど真ん中に夫がいるようなもの。つまり夫と両親は同年齢で、賛成されるわけはないだろうと10年間は秘密を通しました。

妹には話しましたが「え!? 私その人をお兄さんって呼べないかも…」と言われましたし、分かってもらえると思った友人からも「それってなんか違うと思う。

良かったねって言えないな…」とはっきり言われました。

もう一つのハードルは夫が「積善《せきぜん》」というある組織の大先生であるということ（※組織名は変えています）。

今どき芸能人だって恋愛や結婚を隠す時代でもないかもしれません。なので、それが何か？と思う方もいらっしゃるでしょう。けれど夫は積善の会員さんたちにとって「大先生」でもあるのと同時に、「父」であり、「兄」であり、時には「憧れの夫」でした。自分こそが大先生の特別な存在だと思っている方々も少なからずいらっしゃいました。

その中で本当のことを言うことはとても難しいことでした。これに関しては今も秘密の状態を貫いています。いつかは皆に公表して、妻として堂々と過ごせる日がくるかもしれないと思ったこともありましたが、本当のことを言ったら会員さんたちの夢を壊してしまうことになります。私は会員さんたちの夢を守ることを選びました。

昔は「ある程度の年齢になれば、出会いがあって普通に結婚して子どもができて、幸せな家庭を築けるようになるんだろうなぁ」って思っていましたが、人生そう簡単にはいきませんね。でも、だからといって、今、私はとっても幸せなのですよ。

夫と出会えたことを後悔したことはありません。戦前生まれの夫と高度成長期に生まれた私。仕事の関係で海外生活が長かった夫と、ずっと日本しか知らなかった私。生きた時代も違えば過ごした環境もまるで違う。そんな二人がある日惹かれあい、さまざまな問題を乗り越えて、現在、出会ってから既に21年が経ちます。

28歳年上の夫から学んだことは盛りだくさんです。私が夫から学んだことが皆さんの夫婦円満や年の差婚でお悩みの方々に、ちょっとでもお役に立てたら嬉しいと思い、今回、筆を執ることにしました。

ちょっと変わった、本当にあった夫婦の物語ですが、どうぞよろしくお願いいたします。

花 ゆこ

Part 3

周囲の反対、空回りする思い

Part 4

結婚したい！　想いが募る日々

Part 5

初めての一人暮らし、同棲時代

Part 6

転機のキッカケとなる人たちとの出会い

Part 7

宿敵！まりさんとの葛藤の日々

【主な登場人物】 ※名前はすべて仮名です。

花ゆこ（私）……本書の著者。28載年上の真上先生と出会い、様々な困難を乗り越え夫婦となる

真上《しんじょう》先生（夫）……積善の大先生であり、物流会社の会長。著者の先生であり、夫となる。誰からも好かれる好人物

まりさん……積善のスタッフ。真上先生を慕い、著者の宿敵的な存在

美郷《みさと》さん……積善のスタッフ。著者を積善に紹介する良き同僚

花田さん……結婚相談所から紹介されたお見合い相手

熱海《あつみ》社長……真上先生と輸入会社を経営。奥様も登場する

利木《りき》先生……婦人科の医師。著者に求婚する

真上《しんじょう》先生の妹・ふみさん……真上先生の手術の時に駆けつける

父親……真上先生と同世代。優しく娘を心配する

母親……真上先生と同世代。最初は結婚に反対する

Part 1
出会い
28歳差の恋愛の始まり

コーヒー好きの普通の60歳の「おじさん」との出会い

21年前の夏、私は待ち合わせ場所の渋谷、当時宮益坂にあった東急文化会館内の「レモン」という喫茶店に向かいました。ジワっと汗ばむような蒸し暑い日だったと思います。

兼ねてから知り合いだった美郷《みさと》さんから「積善《せきぜん》」というある組織でのお仕事の誘いを受けたので、履歴書を持って出かけたのです。「先生が面接をしますから履歴書を持って来てください」と言われました。

けれど私はどこか気楽だったと思います。その時、先生（現在の夫）を紹介してくださった美郷さんから、ほとんど先生について何も聞いていなかったので、どういう人なのか何も知らなかったのです。

「まあ、これも何かの縁だわ」ぐらいの気持ちでした。履歴書を持って面接に行くにしては、髪の毛はソバージュでピンでとめることもなく無造作に下ろしたまま、服装はアジアンの生地をパッチワークしたみたいなロングスカート、そして足元はシルバーでキラキラしたサンダルに、ターコイズブルーのネイルをしていました。待ち合わせの時間にもちょっと遅れたと思います。今思うと、なんとも失礼で、恥ずかしくなります。

喫茶店レモンに着くと先生は、すでに中で待っていました（当たり前です。私が遅刻したのです）。茶色っぽいラフなポロシャツを着て、「おじさん」が読むような雑誌を読んでいました。「遅れてすみません。花です」というと、「今日は暑い中、来てくれてありがとうございます。コーヒーで良いですか？」と挨拶されました。

先生は今まで見ていた雑誌を丸めてを黒いセカンドバッグにしまうと、「真上《しんじょう》と言います。花さんのことは美郷さんから聞いていますよ」と話し始めました。その時の先生は、普通にその辺によくいるただの60歳の「おじさん」に見えました。今まで普通にサラリーマンをしてきて、60歳で定年して、これから自分の好きなことをしていこうとしているのかな？ みたいな…。

ただ、コーヒーを飲んでいる姿が妙にしっくりしていたので「喫茶店とコーヒーが好きなおじさん」なのだなと思いました。持ってきた履歴書を見せましたが、先生はそれにサッと目を通すと、それとは関係なく、「向かいにある〝釜めし屋さん〟なかなか美味しいんですよ。よかったら今度行きましょう」なんて、ほぼ社交辞令に近いことを言いました。あとは「じゃあ、これから一緒にやっていきましょう。よろしくね」と握手をして別れました。

ちょっと日に焼けた手で、手の甲にはしみがあり、しわのある柔らかい手でした。その時は手を握ってもなんとも思いませんでした。今思い出しても、あの時の先生はやっぱりただの「おじさん」だったと思います。

先生に惹かれる私と28歳の差に抵抗する私

積善は駅から13分ほど歩いた静かな場所にありました。薄いピンクの庇《ひさし》があり、小さな花壇にはちょっとした季節の花が植えられていました。会員制になっていて、会員の方々がそこで話をしたりする、言ってみれば癒やしのサロンのような場所でした。こじんまりしたところでしたが妙な暖かさがありました。

私の仕事は会員の方々のお話の相手をしたり、コーヒーや時にはパスタ、カレー、ケーキを出したりすることでした。中には朝からいらして、コーヒーを飲みながら一日そこで過ごされる方もいて、その方の話に一日中立ちっぱなしで付き合うということも多々ありました。

そこには先生と紹介してくれた美郷さん、まりさんという女性、他にも女性のスタッフたちがいました。週のほとんどをそこにいて中を管理をしていたのはまりさんです。背はやや低い方でしたが、目がキリッとしていて、いかにも頭が切れるといった感じ—。歩く姿も堂々としていて、女優で言ったら真野響子さんのようなイメージでした。

ちなみに私を紹介してくれた美郷さんもあまり背は高くなく、口数が少なく、何事にも控えめな方でした。サロンの中はいつもまりさんが仕切っていて、美郷さんはパソコンで自分の作業に没頭していたり、そうかと思うとニコニコ笑顔で皆の会話に耳を傾けて、突然「あ、そうだよね。わかるわかる！」なんて言って皆を驚かせています。

私は他にも仕事をしていたので、積善に入るのは週に1、2回程度でした。先生はなかなかお忙しい方のようで、夜中に海外とやりとりをして寝不足気味だったり、しばらく不在…なんてこともしょっちゅうでした。

最初は普通のおじさんにしか見えなかった先生ですが、よく見ると60歳にしては長身で、１７２㎝の私の父より少し高めに見えます。割と肩幅があり、細身でしたが理想的なちょうどよいスタイルでした。

その頃は、まだ先生が何をしている人なのか、よくは分かっていませんでした。パリッとアイロンのかけられたシワのないワイシャツに、おそらくブランド物で

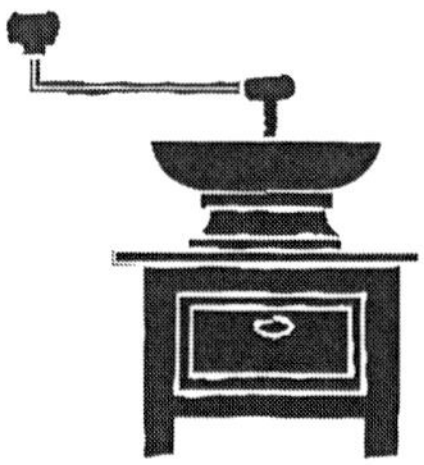

質の良いネクタイを締め、それをヒョイと無造作に肩に放り投げている姿に「なんか、色気のあるおじさんかも…」と思うようになっていきました。

ある時、先生がコーヒーを入れてくださいました。「コーヒーの入れ方は習ったばかりなんだよ」と言いながら、豆をガリガリ焙煎して、少し日に焼けた大きくて頼りがいのありそうな手で、丁寧にコーヒーを落としていく仕草に目が離せなくなった自分がいました。

「はい。僕が淹れたコーヒー、美味しいと思うよ」とコーヒーを出しながら先生の黒い目が私の目を捉えた瞬間、その目の所在をどうしたら良いかわからず、オロオロしながら、自分に何が起きているのかわかりませんでした。

初めて会った時は「ポロシャツを着た普通のおじさん」に見えた先生ですが、改めてよく見るとやや彫りの深い顔に、どこかエキゾチックな雰囲気がありました。コーヒーとタバコが好きなようで、先生のそばには常にそれらがありました。家族や身近に喫煙者がいなかったので、それまではタバコに対して嫌悪感すらもっていましたが、先生のタバコの吸い方は品があり、良いかもと思いました。それどころかタバコに対する考え方さえも一掃されてしまいました。スゴイことです。

また、先生の大きな黒い瞳は光の吸収さえも許さない確立された強さにも見え、またステータスの高さを物語っているようにも見えます。かと思うと笑った途端に顔がくしゃっとなり、いきなり少年みたいになるのも不思議な魅力でした。おもしろいことが大好きで、冗談を言っては皆を笑わせていました。

そんな先生のコーヒーを淹れる手が忘れられず、先生がそばにいない時も、あの大きな手がチラチラ頭をよぎります。「きっと温かな手なんだろうなぁ」とか、「手に触れたら何もかもが安心できて、怖いことなんかなくなってしまうかもしれない…」と妄想ばかりが膨らみ始めました。

でもそんな自分に抵抗する自分もいました。「まさか!」「まさか!」「まさか!」と。何気ない会話の中で「恋愛」「結婚」のワードが出るだけで震えが起きたこともありました。小刻みに震える手をどうすることもできません。その様子に気付いた先生が「大丈夫？」と心配して聞いてきます。「あ、大丈夫です」と答えたものの、全く大丈夫ではありませんでした。

そしてある時、とんでもないことが起きました。会員さんたちがいなくなり、二人きりになったことがありました。すると先生が私をやさしく見つめていたかと思うと「花さんは遠からず近い未来に私とお付き合いをすることになるよ」と言ったのです。もう衝撃的すぎて心を射貫かれるとはこういうことかと思いました。

勇気を振り絞って「好きです」と告白

ある時、会員さんの女性が、先生に恋愛相談をしていました。黒くて長い髪の毛のきれいな女性でしたが、けだるそうに話す様子が印象的でした。かなり頻繁にいらしていた方だったので、先生と何人かでカラオケに行ったこともあります。明るくケラケラ笑うこともありましたが、その日は「相手がいない。自分にはまったく男性との縁がない。これからもずっと一人かと思うと夜も眠れない…」と、ほぼ泣きそうになりながら話をしていました。

先生は「うんうん」と話を聞いています。私は何をするでもなく、なんとなくそこにいたと思います。「きれいでもてそうなのに、縁がないだなんて世の中厳しいなぁ」なんて思っていました。かなり長く話をされ、出口は見つからないものの、話をしたことでちょっと光を見つけたような、いらした時よりは穏やかな表情になって女性は帰りました。

女性を見送った後、先生が「僕、彼女に何をしてあげられるだろう」と言いました。「え？」と思いました。「話を聞いただけでも十分じゃないですか？」と言いましたが、先生は真剣に悩んでいるようでした。「あのー、そこまでのことじゃないと思います。今、長い時間をかけて話を聞いてもらったし、それだけで十分癒されたと思います」と話すと、さっきまでぼんやりどこかを見ていた先生が私の方に向きを変え、私の目を見ながら「花さんは僕のこと好きなの？」と言いました。

ええええ〜〜〜でした。一瞬頭が真っ白になりましたが、でも何か返事をしなければなりません。それまで私は、自分から男性に気持ちを打ち明けたことがありません。でも、ここでうやむやにしたら、28歳も年上の先生のプライドをつぶすことになるかもしれない、今が告白のタイミングなんだろうか？などといろんな気持ちが一瞬の間に頭を交差しました。そして、ええい!!と勇気を振り絞って「はい。好きです」と答えたのです。

もう精一杯でした。どんな顔して言ったのか、思い出したくもありません。でもしっかりと先生の目を見て伝えたと思います。さぁどうする？どんな返事が返ってくるんだ？と足を踏ん張りました。

すると「来週、北海道に行くんだけど一緒に行く？」と。「僕は仕事なので一緒に飛行機に乗って行って、向こうでは別行動になるけど帰りに美味しいものでも食べて帰りましょう」と言われました。え？初デートなのかな？よくわからないうちに「11月の北海道は寒いからコートを用意していった方がいいですよ。風邪ひかないようにね」などとアドバイスを受けました。

不思議な北海道での初デート?!

8月に出会って11月が初めてのデートでした。

家族には先生と行くことは内緒でしたので、「友達と日帰りで北海道に行ってくる」とだけ言いました。「日帰りで？」「どうせ北海道に行くならゆっくり泊ってくれば良いのに…」と言われましたが「まあ、いろいろ忙しいから」などとごまかしました。

問題は飛行機です。実は私はその頃、極度の飛行機恐怖症で、それまでに一度しか飛行機に乗ったことがありませんでした。自分が飛行機に乗ったら、その飛行機は落ちるに違いないと本気で思っていたのです。

そのため、飛行機で旅行に行くなんて、とんでもないことでしたし、もちろん海外にも行ったことがありませんでした。そんな私が、「先生と一緒だったら大丈夫だ」と思えたのです。不思議ですがなんだかすごく絶対の安心感があったのです。「この人と一緒だったら悪いことがあるわけがない」と思えました。ほんとに不思議です。

当日、先生は、ベージュの薄手のコートに帽子を被ってすでに待ち合わせ場所で待っていました。コートの下はビジネススーツでしたが、ほんのり香水の良い香りがします。「英国紳士ってこういう感じかしら？」と思い、また先生はハイクラスの方なのだなと感じました。

機内では、なにしろ勝手がわからなかったので、先生が手取り足取りで、「シートベルトはこうするんだよ」とか「ここのスイッチがね」と教えてくれたと思います。その度に先生の顔が近くなり、また遠慮なく手が伸びてくるので、ちょっとしたパニック状態でしたが、ほどなくして無事に北海道に着きました。

11月の北海道ということで「すごく寒いから厚着してきてね」と言われてロングコートを着ていったのですが、思ったより寒くありません。空港のトイレで掃除をしていた方から「あら、ずいぶん厚着ね」と言われてしまった時は、ちょっと恥ずかしかったです。ネットなどで気温を調べておけばよかった、と少し後悔しました。

先生に「じゃ、16時にここで待ち合わせね」と言われた後は別行動です。先生はすっかり仕事モードでビジネスバックを持ち、スタスタとどこかに行ってしまいました。

一人になって私が目指したのは、るるぶで予め調べておいた小樽でした。一人で電車に乗りながら、窓から見える海をぼんやり眺めていました。頭の中は「いったい何が起きているんだろう?」それればかり繰り返していたと思います。

小樽で私が何をしたかというと、北一ヴィネツィア美術館でイタリア貴族に扮したドレスを着て写真を撮りました。せっかくはるばる北海道まで来たのだから、もっと観光地巡りをすればよいのでは? と思われるかも知れません。でも、私は「私らしい今日の記念」が欲しかったのです。写真を2枚撮って、その一枚を今日の記念にと先生に渡しました。

夕食を食べて帰りの機内では「今日はありがとうございました」とお礼に靴下

をプレゼントしました。先生は意外そうな顔をして、その靴下を受け取りながら「ありがとう。今日は僕も楽しかったよ」と言い、その後「花さんは良い娘さんだから、これから誰か素敵な人と出会って結婚するんだよ。親孝行しなさいね」などと言うのです。

私はまたまた、ええええええ！　です。今日が初めてのデートかと思っていたのに、突然、「将来誰か良い人と結婚するんだよ？」と言われたのです。思わず「どういうことですか!!」と怒ってしまいました。

2度目の告白。正式に28歳差の恋愛が始まった

それから何日かして積善の仕事で先生に会いました。「あの時、どうして怒っちゃったの？」と先生はこれから読もうとしている本を棚から取り出しながら聞いてきました。

ほんのちょっとの悪気もなく、全く何も分かっていないようでした。その無邪

気にも見える様子に正直ムカつきました。でも本当に「わけがわからないよ」という感じだったので、「あの…」と、なんとか分かってもらおうとぽつりぽつりと話し始めました。

「あの…、先日、先生に〝好きです〟って気持ちをお伝えしました。それで北海道に連れてってもらうことになったと思ったんです。お付き合いが始まったのかと思ったので、それで記念に私の写真とプレゼントの靴下をお渡ししました。それなのに、〝誰か良い人と結婚するんだよ〟だなんてあんまりだと思います…」。

「なんなのだろう」という気持ちと、「無理なのかも」という気持ち、「それでも分かってもらいたい」という気持ち、いろんな気持ちがぐちゃぐちゃで、きちんと話せたかどうか分かりません。

先生は黙って聞いてから、「まあ、そこに座りなさい」と椅子を促しました。「僕と花さんがこれから付き合っていったとして、すぐには〝お付き合い始めました〟って人に言えないよ。それでもいいの？ご両親は反対すると思うし、積善でもしばらくは秘密にした方がいいと思う。その〝しばらく〟がどれくらいになるかわからないんだよ。辛いこともあると思う。それでもいいの？」と―。

私は「構いません」とすぐに答えました。何となくそう答えたのではありません。そこには少なからず覚悟がありました。どんなことがあっても先生とのご縁を大事にしたいと思ったのです。

先生は「そうか。わかった。ありがとう」と優しく言ってハグをしてくださいました。ハグと言っても、海外の人が挨拶するようなさっぱりしたものでしたけど、私にとっては一瞬で幸せになる魔法でした。こうして2度も告白する羽目になりましたが、ここから正式に28歳差の恋愛が始まったのです。

Part 2

普通の60歳ではない誰からも好かれる人物

もう一回の初デート、普通の60歳ではない！

「僕は忙しいからなかなか時間がとれないけど、月に一回くらいは一緒にどこかに行きましょう」と言ってくれ、初めてのデートは上野美術館でした（初めてのデートが北海道だったのか、上野だったのかよもや分からなくなりましたが…）。

美術館に近い改札口で待ち合わせをしました。間に合うように行ったと思うのですが、約束の時間の10分前に電話がかかってきました。「どこにいるの〜？」と。「え？あ、もう着いていているのですが、今トイレに行こうと思っています。待ち合わせ時間はまだでしたよね？」と言いましたが、待っているようだったので素早くトイレを済ませて待ち合わせ場所に向かいました。

そこに行くと時間には間に合っていたはずなのに「僕、待っていたんだよ～」と言われてしまいました。「え？ でも遅れたわけではなかったし…」と、私はなんだか納得がいかないような、ちょっとすっきりしないような悶々とした気持ちになりました。でも先生はお構いなしに「僕はあまり人のことを待たないんだよね。ま、とりあえずコーヒーでも飲みましょう」と改札口の近くにあった喫茶店に入りました。

今はもうないのですが、昭和感があふれるレトロ風な喫茶店でした。私たちはブレンドを2つ注文して、何を喋るでもなく、先生はタバコを吸い、コーヒーを飲みながら携帯のメールを確認したりしていました。

その頃30代だった私にとって60代って「還暦迎えて会社を退職していて、のんびり余生を送っている人」のイメージでしたので、忙しそうに携帯でメールを打っている先生はなんだか異質に見えました。

そして「普通の60歳ではないんだなぁ〜」と思いつつ、美術館に入ると先生は思ったより早足で、ほとんどゆっくり絵を観ることもなく、あっという間に出口に出てしまいました。

ちょっと意外でした。先生は教養もたっぷりありそうだし、芸術的な絵をゆっくりと説明なども読みながら堪能するような人だと思っていたのです。でも全くそうではなかったので、「あまり興味がなかったのかな？」と思っていました。

すると「僕、今日の絵はほとんど海外で観ちゃったんだよね」とあっさり。ああ、そういうことかと妙に納得するような、でもちょっと寂しいような気持ちでした。

その後はアメ横あたりをちょっと歩いて、今日の記念にと腕時計をプレゼントしていただきました。SEIKOの茶色い革ベルトでシンプルな時計でした。小ぶりでどちらかというと地味な感じでしたが、それは今でも宝物です。さすがに革ベルトはくたびれてしまったので、何回か取り替えましたけど。

一応彼女ですから気を使って欲しい

先生は海外でのお仕事が多かったので、しばらく会えないなんてこともしょっちゅうでした。

出張中はメールもできません。無事なのかな？　元気かな？　今何をしているのだろう？　と気持ちはザワザワしていました。仕事をしていても、何をしていても気持ちが落ち着きません。不安になっても仕方がないとは分かっているのですが、どうしようもありませんでした。

ようやく待ちに待った帰国の日。夜21時頃だったかメール着信の音が鳴りました。「先生だ！」と思って開くと、それは「会」のまとめ役であるまりさんでした。

「先生が、無事に帰国されたと私にメールが来ましたので、お知らせしますね！良かったですね」と。その時、私は何かがガラガラと崩れるような気持ちでした。先生は帰国して、一番に彼女である私ではなくて、「会」のまとめ役、まりさんに連絡したのかと悲しくて泣きそうでした。

悲しというより悔しいと言った方がよかったかもしれません。とにかく憤りを覚えました。その後、先生からもメールがありましたが、さっきのショックの方が大きくて帰国を喜ぶことができませんでした。「彼女」なのだから、先生の一番でありたかったのです。

確かに誰にも言えないし、内緒ではあったけれど、一番大事にされて当たり前なのでは？と思いました。後日、先生に会った時に、素直にその気持ちを伝えました。「私は先生の彼女ですから、帰国の連絡は一番にほしかったです。まりさんから知らせてほしくなかったです」というと先生はちょっと意外そうな顔をしましたが、すぐに「それは気付かなかった。今度からは気を付けるよ」と話されました。全く悪気はなく、考えもしなかったことのようでした。でもそれから先生は帰国されると一番に連絡をくれるようになりました。

「彼女なのに…」という悲しくて悔しい思い

デートで横浜中華街によく行きました。デートというと20代の頃は映画館に行くとか、水族館やテーマパークに行くとか、そんなイメージでしたが、先生とは電車で中華街に行くことが多かったように思います。

ある日、先生がいつもよく着ていたちょっと異国風で黒いロング丈のシャツがあったのですが、それを買ったお店に連れて行ってくれたことがあります。どんなお店だったかあまりよく覚えていないのですが、今まで知らなかった先生のプライベートに触れたような喜びがありました。

駅からもそんなに離れていなくて、極度の方向音痴の私でもわかりやすい場所でした。「ここなら、また来ることができるかも」と思いました。「ここで先生へのプレゼントを買ったら間違いないいな…」なんて思ったのです。

ちょうどそんな時、まりさんが「先生がいつも着ているロングシャツ、ちょっと古くなってきたわよね。新しいのを買ってさしあげましょうか？」という提案をしてきました。私は「あ、それを買う店、知ってる！」と思い、とっさに「私が買いに行きましょうか？」と言ってしまいました。

まりさんや美郷さん、他のスタッフが「まさか」という顔をしていました。その目はまるで「冗談じゃないわ。ここはあなたの出る幕じゃないのよ！」と言っているかのようでした。私も「つい出しゃばってまずいことを言ってしまった」と思いました。

その後は何となくギクシャクしたまま、スタッフたちと別れて帰ったのですが、まりさんからメールがありました。「先生がいつも着るものですから、ここは先生と一番古くからのご縁がある美郷さんにお任せすることにしましょう」と。彼女が言っているのは当たり前のことです。何も悪くありません。けれど私はどうしようもなく悔しい思いが湧き上がってくるのをギュウっと抑えました。

どんなに抑えても、隙間からどうしようもない悲しい気持ちが湧いてくるのです。出しゃばってしまった恥ずかしさと、彼女なのに身の回りのものを用意してあげることのできないもどかしさ―、電車の窓から見える夜の景色を観ながら、ムラムラと湧き上がる黒い気持ちに泣いてしまいそうになりました。

ハイクラスで、誰からも好かれる人物

「今日、泊っていこうか？」ある時おもむろに先生に言われました。「えええ？ そんな急に突然言われても無理ですよ！」とびっくりして、ワタワタしながら言い返すと、「だって僕、明日から海外だし、しばらく会えなくなっちゃうんだよ。僕のこと心配じゃないの？ 寂しくないの？」と言います。

先生は煙草を吸いながらまるで「いい天気だねぇ〜」なんて言ったくらいの様子です。けれど私にしてみたら、両親は普通に厳しかったですし、急に外泊するなんて言ったら絶対反対されます。そもそもどんな理由で両親に言ったらいいのか、「もう〜どうしよう！」って思いました。

今もですが、先生は28歳年上だからか、それともどこかに「この人は普通のおじさんではない。きっとハイクラスの人なんだ」という思いがあったからか、「この人には敵わない」という気持ちがありました。

先生は黙って煙草を吸い続け、インスタントのコーヒーを飲みながら新聞を読

んでいましたが、私は次第に「なんとかしなくちゃ」と思い始めました。そして「えぇい！」と家に電話をかけ、電話に出た母に「今日仕事で遅くなりそうだからこっちで泊まることにする」と伝えると、「あらそうなの。わかった」と思ったよりかなり簡単に承諾を得ました。

私としてはとても勇気のいることでしたし、動悸でどうにかなりそうな思いで電話をしたのですが意外にあっさりなので驚きました。「なんか、大丈夫でした。今夜泊まれます」と伝えると先生は新聞を読みながら「うん」とだけ、ほとんどこちらも見ずに言いました。もうちょっと喜んでくれるかと思ったのに、なんだか他人事ような感じなのです。

それからというもの、ちょくちょく「泊っていこう」と言われるようになりました。そのたびに私はゼイゼイしながら両親に電話していましたが、ある時、母が積善に来たのです。どんなところで仕事をしているのかなと思ったのでしょう。その日はまりさんがいて、「お世話になっています」なんて挨拶をしていました。先生も出て来て「よく来てくださいました。小さなところでビックリしたでしょう」なんて挨拶すると母が「静かなところで良いですね」なんて会話をしていました。

積善には人が2人も入ったら満員になってしまうような小さな個室があったのですが、先生はそこに母を呼んで何か話をしていました。10分するかしないかで母は出てきて、「話は聞いたから…」と言いました。いったい何を？　まさか付き合っていることを言った？　などと思いましたが、母はそのあとコーヒーを飲んで、またまいらしていた会員さんと世間話をして帰って行きました。

母が帰った後で先生が私を個室に呼び、「お母さんにね〝これから花さんにやってもらう仕事がたくさんあるから、たまにこちらで泊めますね。夜遅くに帰すのはとても心配ですから…〟って言ったんだよ。そしたらお母さん、わかりましたって—」と。「だから安心して泊りなさい」とでも言うかのように、先生はにっこりして、まるで悪気のない少年みたいに笑うのです。

私にしてみたらびっくりです。母はどちらかというと厳しい人で、その話に何も言わずに承諾するなんて。しかも父にそれをどう伝える気なんだろう？　など考えると心配になりました。でも、「ここまできたらなんとかなるかな？」とも思いつつ、「付き合っていることを言ってくれたわけじゃなかったんだな…」と、ほんの少し残念に思う気持ちもありました。

今回の母と先生との会話のように、先生は「誰からも好かれる」オーラがあるように思います。先生が何かを話すとすべての人が無条件で先生を信じてしまい、好きになってしまうような不思議な魅力があるのです。そして人によっては「自分こそが先生の特別な人」と思い込んでしまい、それが私にとっては、ともてやっかいなことでもあるのですが…。

モテまくる先生、でも誰とも付き合ったことがない

過去の恋愛の話をしたことがありました。

「僕は誰とも付き合ったことがないんだよ。だって学生時代は勉強とバイトが忙しかったし、社会に出てからも仕事が忙しくてそれどころじゃなかった。仕事で

急に海外に行くなんてことも多かったから、落ち着いて誰かと付き合うことなんてできなかったよ」と先生はあっさり話します。「60歳でもこんなに素敵なのだから、若い頃はきっともてたに違いなく、誰とも付き合ったことがないなんて、そんな人もいるんだなぁ」って不思議に思いました。

というか、実際、先生は60歳にしてすごくもてていました。スタッフの女性たちも先生に特別な感情を抱いていたのを知っています。特に、まりさんは我こそが先生の特別な存在だとアピールしていました。

「うちは娘も家族みんなが先生にお世話になっているのよ」とか「先生の妹さんってこんな人でね、とても話が合うのよ」などと、私にはすべてそれが自慢に聞こえました。まりさんは先生と自分との距離が近いことを証明するかのように、会話の節々にそんなニュアンスを含めるのが得意でした。

まりさんに限らず、もしかしたら20代の女性から60代の女性まで（いや、もっと上もいたかも…）、様々な世代の女性たちから好かれていたと思います。

「先生、ハグしてください」なんていう女性もいましたし、「今度、朝ご飯を食べにうちにいらしてください」なんてことを一人暮らしの女性に言われていたこともあります。強引に両親に大事な人として紹介しようとした方もいました。「占いの館で先生との恋愛運を占ってもらった」なんて話していた方もいます。

そして、なんと「先生、うちの娘をもらってください」と言ってきた方も知っています。その娘さん、私と同級生だったのに、親がわざわざ28歳も年上の先生にもらってくださいって言ってくるなんて、「なんともうらやましいお話だわ」って思いました。

ある時、先生が仕事関係でよく利用するというスナックにみんなを連れて行ってくれたことがあります。美人だけどちょっとおばちゃんママの家庭料理が美味しいというスナック。テーブルにはあっという間にサラダや煮物など、様々な料理が並びました。私にとっては初めてのスナックでしたが、薄暗い夜の闇の中に温かさを感じる空間に「良いところだなぁ」なんて思いました。

先生のところには「あら真上《しんじょう》さんこんにちは〜。お久しぶりですねえ〜」と次々にきれいな女性たちが挨拶に来ては、代わる代わる先生のタバコに火を付けて隣に座りたがりました。それに気付いたママが「あちらのテーブルにお料理を運んでちょうだい」などと声をかけると女性たちが渋々と先生から離れていくことの繰り返しです。

先生は別に女性には興味がないという様子で、私たちに話をしたりカラオケを勧めたりして楽しませてくれました。でも女性たちからタバコに火をつけてもらう様子が妙に慣れていて「その界隈のドン」みたいにも見えました。

女性だけでなく男性ファンも多い先生ですが、とにかくどういうわけか誰からも好かれていました。どんな人でも先生を見たら、一瞬で先生を好きになってしまう、きっとそんな魔術を持っているのです。

パートナーが誰からも見向きもされないような男性でも嫌ですが、こんなに好かれてしまうパートナーもちょっとなぁ～です。

人の好意を受け取らないことの罪

お食事の際にいつもご馳走になってしまうので、「いつもいつもで悪いなぁ」って思っていました。ただ「今日は私がご馳走します」って言うのもどうなんだろう？とも思いました。28歳も年上の方なので割り勘はちょっと違う気もするし、「ご馳走する」って言ったらプライド的にどうかな？とも思いました。

ある時、「僕はいつもみんなにご馳走するんだけど、考えてみたらご馳走してもらったことがないなぁ」なんて笑いながら言うので、コーヒー代くらいは出そうと思ったこともありました。でも決してコーヒー一杯だっておごらせない先生でした。

それどころか先生はよくお小遣いをくれました。食事の会計の後にお釣りを全部くださったり、1万円札を「はい」と渡されることもありました。

ありがたいことなのですが、その頃の私は誰かからお金をいただくことに抵抗がありました。「お金をあまり持っていない可哀想な女性に見られてるのかしら？」

とも思いましたし、「理由もなくお金をもらうなんて変！」とも思いました。「いりません。大丈夫ですから！」と何度も言いましたが、「まあまあ、良いから」といつもお金を持たされてしまいます。

「お金をもらうなんて…」と思いながら、いただいたお金をお財布にしまっていたので、決して良い態度ではなかったと思います。どちらかというと「押しつけられた」ような感覚でした。

そんなようでしたから、ある時とうとう「私にお金をくださらないでください！」と強く言ってしまったことがあります。先生は「え？」と不思議そうな顔をしましたが、私はかまわず「そういうのすごく嫌なんです。お金、いただかなくても大丈夫ですから！ お金ありますから！」とかなり強く言いました。その時、先生は無理に私にお金を渡さなかったと思います。けれどちょっと困惑したような、寂しそうな顔にも見えました。

その時の先生の顔を見て、初めて「人の好意を受け取らないことにも罪がある」ことを知ったように思います。

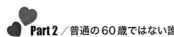

二人の結婚を認めてもらうために

お付き合いを始めて最初の頃は、妊娠してしまったら大変だと思い、だいぶ気をつけていました。もしものことがあっては先生に迷惑をかけてしまうし、両親にも申し訳ないと思いました。いつも避妊具を持ち歩き、ピルを飲んでいた時期もありました。「妊娠」は決してあってはならないことだったのです。

いつだったか、付き合いだして数ヶ月が経ったある時のこと、私は積善での朝の掃除を終え、仕事前のコーヒーを淹れていました。「もうこれからは、僕は避妊するのをやめようと思う」と先生が言い出しました。私はコーヒーを淹れる手を止めて「どうして?」と聞くと「僕たちの結婚を認めてもらうには、妊娠することしか方法がないと思うんだよ」と。

先生は、ゆっくり丁寧に話すと「それは卑怯な手かもしれないけれど、やはり今の状態ではご両親も賛成しないと思うし、積善でも理解してもらうのは厳しいと思う。子どもができてしまえば、きっとご両親は孫のことは可愛いいだろうから許してくれるだろうし、積善のみんなだって認めざるを得なくなると思う。どう思う？」と。「どう思う？」とは聞いていましたが、先生の目に迷いはありませんでした。

私は、一瞬の戸惑いはありましたが、すぐに「それしかない」と思いました。積善の窓から差し込むやわらかな日の光が私たちを祝福してくれているように感じ、先生がそう言うのなら、それが一番の方法なのだと思えました。勝手な話ですが「子どもが私を幸せにしてくれる」と思いました。

実はその頃、私は積善のスタッフの女性たちとのコミュニケーションが難しくなっていました。私がミスをするのが悪いのですが、感情的に怒られることもありましたし、まりさんの「私は先生のことなら何でも知っている」みたいな度重なる態度にも嫌気がさしていたのです。

スタッフの女性たちから「あなたの先生に対する態度はよくない」と注意を受けたこともありました。「あなたは先生に対して優しさがない。対応の仕方が雑で、あれでは先生がかわいそうだわ！」などとも言われました。

美郷さんなどは、うっすら涙すら浮かべて「ほんと。先生がかわいそう」と訴えてきました。そう言われた時は「一番好かれているのは私なのに！」と言い返してやりたかったのですが、もちろんそうすることもできず、泣くこともできず、悔しさで一杯になりました。

また、先生の動きをずっと視線で追いかける会員さんなどもいて、そういうのを目の当たりにすることが嫌でたまりませんでした。正直、辞めてしまいたいと思い始めていましたが、先生をサポートしてあげたい気持ちも強くあったので辞めることができなかったのです。

それから頭の中を「子どもさえできれば！」という言葉がよぎることが多くなりました。「子どもさえできたら、両親に認めてもらえる」「子どもさえできれば結婚できる」「子どもさえできれば積善を辞められる」、特に辛いことがあった時ほどその思いは強くなりました。

Part 3
周囲の反対空回りする思い

妹——その人のこと「お兄さん」って呼べない

ある時、私の家の最寄り駅近くで先生とデートをしたことがあります。夕陽が沈みかけて薄暗くなった夕方に会いました。街が少しずつセピア色に染まりかける中、私たちは昔からある高島屋の前の大通りを「今日も忙しかったですか？」などと話をしながら歩いて行きました。

先生はイギリス紳士のような装いで、都内からちょっと離れた近郊の街では一人だけ浮いて見えます。先生のように紳士然とした年配の男性なんてそこにはいません。通りはけっこうな人混みで、会社帰りの人や駅に向かう人、友達と待ち合わせをしている人たちなど、とにかく混み合っていました。私たちは流れに逆らわず、どこか食事をするところを目指して歩いて行きました。

ふとある女性とすれ違った瞬間に「あれ？」と女性が声を上げます。私も「え？」と思い、声のする方を見ました。すでに後ろ姿でしたがそれは私の妹でした。その頃はまだ妹にも先生のことを話していなかったので「しまった！」と思いました。

先生は「どうしたの？」と聞きましたが、「あ、ううん」と妹とすれ違ったことは言わず、食事をする場所に向かいました。「妹とすれ違って、見られちゃった」と話したら、その場の雰囲気を壊してしまうと思いました。せっかく仕事帰りにここまで来てくれたのに、つまらない話はしない方が良いと思ったのです。

先生とは食事をして別れ、家に帰りました。妹が「さっき、先生と一緒だったの？」と聞いてきました。妹も積善には来たことがあったので、先生の顔は知っていたのです。「なんで？一緒だったの？」と聞くので、「あの～、それは～、その…。

実はお付き合いしているの…」と正直に話すと、妹は「え？」と眉をひそめて「そんなことがあるの？」という顔をしました。

それでも妹ならきっと分かってくれるに違いないと、どこかで期待をしていました。私たちは5歳離れていますが趣味や価値観も合い、ほとんどけんかすることもありませんでした。「こういうのが好きそう」と、どんな些細なことも分かっていましたし、他の誰よりも妹と一緒にいる時は楽でした。たぶん、妹もそうだったと思います。しかし、妹から返ってきた言葉は思いがけず「私、その人のことお兄さんって呼べない…」でした。

母――先生と付き合うとかはだめよ

どういうわけか、私にはよくお見合いの話がありました。22歳の時に叔父がお見合いの話を持ってきたのを皮切りに、父の教え子の方（父は大学教授でした）、母の知り合い、会社に来ていたパートさん、会社にくる保険屋さんなど、とにかくいろんな方が「紹介したい人がいる」と話を持ちかけてきました。

先生とお付き合いを始めてからも、もちろん周りはそのことを知らないのですから、何度かお見合いの話を持ってきてくれました。両親からも「そろそろお嫁に行って落ち着きなさい」と度々言われていました。

私はありがたい話だということはわかりつつも、「またか。面倒くさい」と思い、「えーと。この人はちょっと…」などと曖昧に返事をしては断っていました。「どうして？ 学校もいいところ出ているし、いいじゃないの？」と言われても仕方ありません。「だって、付き合っている人がいるから…」と言えたら良かったのですが、もし言えば「どういう人？」と聞かれるに決まっています。

なので、付き合っている人がいることすら言うことができませんでした。ただ、私が積善での先生の話をすることは増えていたようです。「先生はちょっと普通の60代のおじさんとは違って素敵なの」とか、「すごくお仕事も頑張っていらして、お忙しい方みたい」など、自分では意識をしていませんでしたが嬉しそうに話していたようです。

そんな姿をみて、母が何かを察知したのか「先生と付き合うとかはだめよ」と言いました。一言ボソッと言った言葉でしたが、私には未来の可能性を潰されたような悲しい一言でした。

従姉妹――冷静に考えた方がいいよ

夏のお盆の期間は、たいてい父の実家の福島に家族で行くことが恒例となっていました。江戸末期からある大きなお屋敷で、庭には池や倉もあり、大きな自然岩、様々な季節の花が咲いています。屋敷裏には、以前養蜂をしていた名残で蜂の飼育箱なども置かれていました。見上げると緑豊かな会津磐梯山がそびえて見えます。

幼かった頃には、1週間以上も泊まることもあり、同じ年頃だった従姉妹たちと猪苗代湖まで水着の上にちょっと何かを羽織っただけで歩いて行き、泳いだり、出店のおでんを楽しんだり、夜は花火などをして夏のひと時を過ごしました。

従姉妹たちもかなり長く泊まっていたので、一年に一度しか会わないとはいえ、何日も朝晩を共にするうちに実の姉妹ではないけれど、ほぼ姉妹のように理解しあえる存在のようになっていました。

大人になると、仕事の都合などで、夏に会えない従姉妹たちもいましたが、それでも一日でも泊まる日が重なれば、必ず夜はお酒を飲んで宴会となりました（私を含め、従姉妹たちはとってもお酒が強かったのです）。

ある時、従姉妹たちが集まり、いつものように「今夜はいっぱい飲んでいっぱい喋ろう」となりました。車を運転してちょっと遠くの酒屋まで行き、夜の宴会用のお酒を買いました。親たちが寝静まった後、台所のテーブルに皆で座って、「最近どうよ?」「学校はどう?」とか「仕事はたいへん?」とか、「付き合ってる人はいるの?」などと話が弾みました。

その時、もしかしたら、この従姉妹たちなら分かってくれるかも? 私の今の状況を応援してくれるかもしれないと思ったので、「実はね…」と話しました。すると皆が一瞬手を止めて「え?」となりました。

私は勝手に「ええ～！　すごーい。そうなんだ。そりゃあ、おじちゃんとおばちゃんは反対するだろうけど、大丈夫、私たちは応援するよ！」って言う言葉を期待していましたが、それは違いました。

一番上の従姉妹などは「それは、どうかな…」と。それでも愛情をもって従姉妹はぽつりぽつりと言葉を選びながら話してくれたと思います。

「ゆこちゃん。私たちって長女じゃない？　長女ってちょっと安心したい願望が強いのか、どうしても年上の人に憧れちゃうことがあると思うんだ。でもその方はちょっと年が上すぎない？　冷静に考えた方がいいよ」と言われました。

その後は、なんとなく違う話をして、翌朝、私たち家族は朝早く、車が混まないうちに帰ることになりました。一番上の従姉妹が見送るために起きて来て、「ゆこちゃん。正直、昨日、ゆこちゃんのことを考えたら寝られなくなっちゃった。ゆこちゃん、もしその人と結婚したとして、結婚生活は普通に考えて長くはないじゃない？　大丈夫なの？」。従姉妹は寝起きで、しかも寝不足でポヤンとはしていましたが言っていることは鋭いことでした。

でもその言葉のお陰で分かったことがあります。従姉妹に「まあまあ好きな人と結婚して、なんとなくその人と結婚生活を長く送るよりも、たった一年でも先生と結婚して生活したい！」と言ったのです。

その期間がどんなに短くても、その時間を大事にしたいと従姉妹に言いながら、本当の自分の気持ちが分かったのです。言いながら「ああ！そうなんだ！私の気持ちはそこまで堅く決まっていたんだ！」と再認識したのです。

見送ってくれた祖母や、親戚、従姉妹たちに「じゃあ、またね」と挨拶をして父の運転する車に乗り込み、家を目指す間、結局理解してくれる人はいないんだなと改めて思いました。車内には父も母も、妹もいるのに、なんだかひとりぼっちのような気さえしました。

「子どもさえできれば！」の思いが空回りする

「子どもさえできれば！」そんな気持ちで始めた妊活でしたが、すべてに希望を失いかけていた私にとっては唯一の希望でした。

排卵の時期をつかむために、毎朝基礎体温を測りました。私は生理がいつもほぼ順調でしたし、生理痛に悩むこともなかったので、妊活を始めればきっとあっという間に子どもができるに違いないと思いました。せいぜい長くても3ヶ月も頑張れば、すぐに妊娠して、両親にも私たちのことを認めてもらえ、積善でも理解を得て、辞めることができると思っていたのです。

きっとすぐに未来は明るくなるだろうと思っていました。けれど現実は全くそうではありませんでした。

排卵の時期はお泊まりなどをして頑張って、今月こそはと思うのに生理が来そうな予兆がでてくるとトイレに行くことが怖くて怖くて、「また今月もだめかもしれない」という恐怖心に苛まれました。「妊娠したら困る」と思っていた時期は避妊具を使ったり、ピルを飲んだり、あんなに神経質になっていた自分がバカみたいに思えました。

そして、生理が来たことがわかると岸壁から突き落とされるかのような絶望感を味わい、生理の間ですら休むことなく励んだ方が良いと言われていたので、落ち込んでいる間もなく次の妊活が始まりました。

妊娠に良いという漢方薬も飲みましたし、スッポンの錠剤も飲んでいました。基礎体温のグラフを作成して婦人科にも行きました。

先生も自ら検査に行ってくれました。それも1度ではなく、3度も行ってくれました。子どもがなかなかできない場合、男性が進んで検査に行くケースは多くないと聞きます。やはり「自分のせいではない」「自分に欠陥があるわけがない」と思い、検査に踏み切ることが難しいのだそうです。それなのに先生は、私が「行って来て！」と言ったわけでもないのに3度も検査に行ってくださいました。

私たちはとにかく「子どもさえできれば」と、その希望に燃えていたので妊活に良さそうなことを聞いては試したり、妊活に良さそうな噂を聞けば、地方の方まで足を伸ばすこともありました。

また子どもができなかった！ 疲弊する心

ある時の排卵期、いつものように二人でビジネスホテルに泊まりました。外で食事を済ませ、ホテルの室内でＮＨＫのニュースを見ながらコンビニで買ってきたお茶を飲んだりしていました。するとまりさんから先生に電話が入りました。今日、積善でちょっとしたトラブルがあったと。会員さんに関わることで、ことによっては「会」の信用問題にもなる重大な事件のようでした。

私はその日の昼間は積善に入っていなかったので現場を見ていないし、直接関わりもなく、どこか人ごとでそんなに重く受け止めず、「まあ、そういうこともありますよね」みたいにさらっと言ってしまいました。その途端、先生が烈火のごとく怒りました。「今の言葉、もう一回言ってみろ！」と。「信用問題に関わることかもしれないのに、今の言葉はなんだ！」と。

先生には仕事のことで注意をされたことはありましたが、そこまで怒鳴られたのはおそらく初めてでした。びっくりして、私はことの重大さにようやく気付き、涙を流して泣きながら謝るしかありませんでした。

そこに立ったまま座ることもできず、時が止まったかのように反省し続けました。先生はイライラして、乱暴にタバコに火を付け、自分でインスタントコーヒーを淹れると、まりさんに電話をして状況を詳しく聞いたり、美郷さんや他のスタッフにも電話をしていました。

私は一人立ち尽くしたまま「今日は帰りたい」と思いましたが、先生は一通り話を聞いて話の整理がつくと、「今日は大事な日だから…」と自分に言い聞かせるように吐き捨て、さっさと支度を始めました。

立ち尽くしている私を気遣うよりも「とにかく大事な日だから…」といった感じでした。私は、こんな時ですら頑張らねばならないのかと、心が折れそうになる自分に「とにかく頑張らないと！」と言い聞かせ、のろのろと気が進まないまま支度をしたと思います。

今思うと、私にとって「男女の営み」は、「いつかの幸せな未来をつくるためのもの」であって、「いま」を豊かにするものではなかったように思います。先生の肌を感じながら「いつか幸せになれる」と「いつか」ばかり見て、でも「いつか」にいつも裏切られて私の精神は疲弊して行きました。

また子どもも純粋に欲しかったのではなく、自分の幸せのために子どもを欲しいと思っていたのです。頭をよぎる言葉も「子どもさえできれば！」だったのです。子どもを授かることだけを願っていて、子どもの将来などこれっぽっちも考えていませんでした。ひどい話です。

もちろんそんな私のところに神様は子どもを与えてくださいませんでした。今では、それで良かったと思えますが生理が完全に終わりを告げるまで、「子どもさえできれば！」という希望と「また子どもができなかった…」という絶望感を毎月のように繰り返し繰り返し味わっていたのです。

Part 4

結婚したい！想いが募る日々

「先生」と「しんちゃん」、2つの呼び名

「〝しんちゃん〟って呼んでも良いですか？」ある時おもむろに先生に聞いてみました。先生は「しんちゃん？ 誰？」みたいな顔をしました。

この日は積善には5、6人の会員さんたちがいて、私たちはその方々の話を聞いたり、とりとめのない会話に付き合いながらコーヒーを淹れたりと、なにかと忙しくしていました。そんな皆さんが一斉に帰り一段落ついた夕方のことでした。

朝、選曲してかけていたサラ・ブライトマンの曲が妙に夕方の空気に溶け込み、

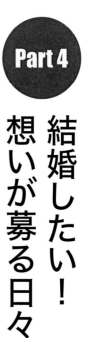

今までの人疲れを癒やしてくれているようでした。私は先生と二人分のインスタントコーヒーを淹れ、もう時間が経ってしまって会員さんには出せないと思うケーキを冷蔵庫から取り出しながら、さっきまでの賑やかさから一気に気が楽になった勢いもあり、「今ちょっと思い出したから言ってみたけど…」みたいな雰囲気で投げかけてみたのです。

先生は「僕、ちゃんで呼ばれたことないなぁ」と言いながら、でもまんざらでもなさそうでした。それでも先生が「でも、それはだめだなぁ」なんて言ってきたらどうしよう？という気持ちもちょっとありました。

「あの〜、お付き合いをしていて、ずっと先生って呼ぶのも変かなと思いますし、2人きりのデートの時に先生って呼ぶことにちょっと抵抗があるというか、違和感があるというか、え〜と、だめですか？」。そう言いながら、そんなに重く受け止めないでね、ちょっと言ってみただけだから…、そんな気持ちをアピールするかのように、私はこれから食べようとしているケーキのお皿を用意していました。動作を止めてしまうことが怖かったのです。

でも私のそんな不安をよそに先生は「嬉しい」と言ってくれました。「わぁ！ありがとうございます。あ！　もちろんここでは先生とお呼びします。当たり前ですけど他では〝しんちゃん〟って呼ばせていただきますね」。先生は「それ、良いね」と笑い、その後はタバコを吸い、淹れたばかりのコーヒーを飲みました。

「そうだ花ちゃん、今日のCD、これ花ちゃんが持って来たんでしょう。サラ・ブライトマン。僕も好きでね。今日は朝から良い曲が流れているなぁって、ずっと思ってたんだよ。この人、声がすごくきれいだよね」なんて話をしました。

「え～〝しんちゃん〟も好きですか！　他にも彼女のCDが家にあるので、今度持ってきますね！」と言いながら「あ！　すみません。ここでは先生ってお呼びします」言い直して二人で笑いました。

この日から先生は、積善以外では「しんちゃん」になりました。ただ、今でもそうですが、やはり28歳も年上の方ですし、尊敬する方なので「しんちゃん」と呼びながらも会話のなかには敬語を混ぜながら話していることが多いです。

ダイヤのネックレス、人並外れた優しさ

毎月の恒例、排卵期のお泊まりの日。ビジネスホテルに向かう前にデパートに連れて行ってくれたことがあります。

「僕、花ちゃんにダイヤのネックレスをプレゼントしたいんだ」と、宝石店のショーケースの前に連れて行かれて、「どれが良い？」と聞かれました。誕生日でもないのにプレゼントだなんて嬉しいと思いましたが、食事のお釣りをお小遣いとしてもらうことにすら抵抗があった私ですから「これが良い！」なんてすぐに言えるわけもありません。ご予算は？ とも聞けないですし、今どうすることが一番適切なのかな？ などと思い考えていると、しんちゃんはハートのダイヤのネックレスを指さし、これとこれなんか良いんじゃない？ と私が選びやすいように2択を提案してくれました。

小さなハート型と大きなハート型のネックレス。デザインはほぼ同じで違うのは大きさだけでした。しんちゃんは待たされることが得意ではないので、ニコニ

コしながらも「早く決めて」という圧迫感を与えてきます。そして「花ちゃんが決めるまで、僕は向こうでタバコ吸ってこようかな」などと言い出します。10分も待たせるつもりはありませんでしたが、その数分さえ待つことが苦手なしんちゃんで、気が付くと喫煙できるところに歩いて行ってしまいました。

私は大きいダイヤが欲しいなとも思いましたが、もちろんその方が高いし、それを要望して良いものか決められずにいると、しんちゃんがいつの間にか帰ってきて、「どっち?」と聞くので「あ、これをお願いします」と小さい方を指さしました。しんちゃんは「うん。わかった。じゃあ、包んでもらうね」と言い、支払いをさっさと済ませるとリボンの付けられた箱を手渡し、「これ、いつも身に着けていてね」と言いました。

小さい方を選んでおいて、こんなことを思うのもどうかと思いますが、小さい方を指さした時に「え〜。大きい方にしなよ。こっちを買ってあげるね」と言って欲しかったなとも思いました。いただいておきながら勝手ですね。

せっかく、かわいいパッケージをしてもらったのですが、すぐに開けてネックレスを身に着けました。小ぶりでしたが、さすがに輝きがあり、存在感がありました。「どうもありがとうございます。こんな高価なものを嬉しいです。これから毎日、着けさせていただきます！」そう言いながら「大きいのが良かったな」って顔に書いてないかしら…、なんて思いました。

それから私は毎日のように、そのダイヤのネックレスと以前いただいた腕時計を身に着けました。身につけているだけでいつも「しんちゃん」といるような安心感がありました。

それから3ヶ月も経たないある日、しんちゃんが「花ちゃん、これプレゼント」とリボンのついた箱をくださいました。特別なことなど何もない時で、「え？ どうしたんですか？」などと言いながら恐縮しつつ、その箱を開けると、なんと先日私が選ばなかった大きなハートのダイヤのネックレスが入っていたのです。「まさか」とビックリです。「大きい方が欲しいって思っていたのが分かってたのかしら？」などと思いま

したが、しんちゃんは「その時の気分で身に着けたらいいよ」とサラッと言います。こういった人並外れた優しさがあるのがしんちゃんなのです。だから人からも好かれるのがわかります。

以前、こんなことがありました。ある会員の女性が、しんちゃんにシャツをプレゼントしたことがあります。彼女はショートヘアーでスポーティーな感じの女性でした。一見するとさばさばしていて淡白な印象でしたが、おそらくしんちゃんのことが好きだったのだと思います。

いつだったかしんちゃんと話をしている時に、ちょっと軽くからかわれただけなのに顔から首、肩そして手の先まで真っ赤になっていたのを見たことがあります。その表情は恋する女そのもので、私はそんな彼女が嫌いでした。

その彼女からのプレゼントでしたが、残念なことにいただいたシャツはしんちゃんには小さいサイズでした。「着るものをいただいたら、着ているところをお見せしないとなぁ」と。しんちゃんはまりさんに頼んで、デパートで同じシャツの大きめのサイズを探してもらったとのこと。幸運にも見つかり、何事もなかったかのように彼女の前で一度だけ着ていました。「一度だけ着る」というのも、きっとしんちゃんなりの「礼儀」だったのだと思います。

台湾旅行、アミ族に結婚を祝ってもらった至福の時間

あるデートの日。私たちは昼間から横浜中華街で一人1万円くらいするコース料理を食べていました。「たまのデートなんだから美味しいものを食べようよ」と。もしかしたら北京ダックやふかひれスープを食べたのは、その時が初めてだったかもしれません。

しんちゃんとは蕎麦屋さんで軽く食べることもありましたが、ことあるごとに私にとっては贅沢な食事をふるまってくれました。ふかひれスープの味の深さに感動しながら食べていると、ふいに「台湾に行こうか？」と言われました。私はそれまで一度も海外に行ったことがなかったので、「え〜と、英語は喋れませんが…」などとトンチンカンな返事をしたと思います。

正直、海外に行くのに何が必要で、どうしたらいいのか、さっぱり分かっていませんん。もしかしたら台湾がどこにあるかも分かっていなかったかも…。そんなお恥ずかしい状態でした。

「そうだなあ。台湾は2泊3日で、前日は羽田に泊まるから3泊だね。これから旅行会社に行って予約を入れて、ついでに持っていくバックも買いに行こう」とどんどん話が進みます。しんちゃんの後について行きながら「私、海外に行くことになるの？」とどこか現実を飲み込めていない自分がいました。

というのも、私はその頃は大分落ち着いてはいましたが、人並み外れた怖がりでした。「海外に行ったら帰って来られなくなるかもしれない！」と思っていましたし、「私が飛行機に乗ったら墜落する！」とも思っていました。それどころか「私が東京に行ったらきっとその日に大型の直下型地震が起きて死んでしまうかも?!」と思っていたり、「寝てしまったらもうそのまま死んでしまって朝が来ないかも！」なんて思っていた時期もありました。

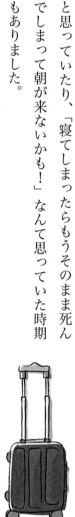

今思うと病的でしたね。そんな私の海外旅行です。しかも「誰と行くかを秘密にせねばならない」というハードル付きです。

さて、両親に何と言おうかと…まずは悩みました。私の場合、何か思い切ったことを話そうとする時、呼吸を整えて空気を読みます。この波が来たら乗ろう！というサーフィンみたいな感じでしょうか（違うかな？）。まあ、とにかく「今だ！」と思った瞬間に母に「友達と台湾に行くことになったの！」と話しました。

母は「友達って誰？」と聞いたと思いますが、「あら良いわねぇ～」とすぐに承諾してくれました。仕事を休むのは簡単でした。積善は週2日くらいでしたし、その他の仕事もアルバイトみたいなものでしたので特に問題ありませんでした。

しかし、問題は他にありました。台湾に行ったのは2003年5月、SARS（サーズ）＝重症急性呼吸器症候群が流行した年だったのです。

詳しくはわかりませんでしたが、台湾でとても怖い病気が流行りだし、病気になった人は隔離されているらしいなどのニュースが流れました。「今度台湾に行く」なんてことを人にいうと「え？ 台湾っていま危険じゃない？」とよく言われました。

でも「台湾のＳＡＲＳ、大丈夫かしら？」としんちゃんに言うと「だめなら旅行会社がストップするよ」と言います。いろいろ心配はありましたがなんとか無事に台湾に旅立ちました。

空港に着くとガイドの方が待っていました。「あ、そうか。日本語ができるガイドが付くから海外に来ても大丈夫なんだな」とまずは一安心しました。しんちゃんはガイドの方に日本で買ってきたタバコをワンカートンとチップを渡すと「これからよろしくね」なんて挨拶をします。まるで以前から知っている人みたいでした。ガイドの方は「あ、ありがとうございます。はい。これからよろしくお願いします」と嬉しそうに笑いました。

同じタバコは台湾でもあると思うけれど、なんでかなと思って聞くと「日本のタバコはみんな喜ぶんだよ」と教えてくれました。楽しい旅の始まりでしたがガイドさんは「台湾は今、ＳＡＲＳで大変です。私たちにとってもあなたたちが最後のお客です。旅行が終わったらさっさと帰った方が良いですよ」と言います。次のお客を招くことができないほどの深刻な状況だったのです。

ただ、SARSの心配はありましたが、私にとって初めての海外旅行。目にするものすべてが新鮮でした。台北で圓山大飯店《まるやまだいはんてん》という五つ星のホテルに泊まり、中華料理を堪能、家族へのお土産も買いました。父にはダンヒルの皮ベルト、母と妹にはシルクのパジャマを買いました。

現地の方が日本語で対応してくれることに驚いて「しんちゃん、台湾の人、日本語で対応してくれたし、支払いも円で良いんですって！ ビックリしちゃった」と話すと「はは〜、台湾は親日だからね。良かったね」と先生は笑いました。

SARSのお陰と言ってはなんですが、思いがけず観光地はガラガラでした。故宮博物院もガラガラ、中正記念堂での兵士たちが行う「衛兵交代式」もすぐそばで見ることができました。ガイドさんは案内する度に「あなたたちはある意味ラッキー。こんなに空いていて見やすいことはまずないです」と言います。

台湾でも有名な観光スポット・花蓮ではアミ族の踊りのショーを見ました。赤を基調とした民族衣装を身にまとったアミ族の豊穣を祝う踊りなどが披露され、とても迫力がありました。ショーの中盤で結婚式のシーンがあるのですが、なんと花嫁と花婿は観客から選ばれます。観客席はガラガラ。カップルどころかそもそも人がいなかったので、必然的に私たちが選ばれたのです。

あっという間に私たちはアミ族に囲まれ、私は頭に飾りを、しんちゃんは赤と白のアミ族の衣装をすっぽり着せられ、頭には立派な羽を付けていました。もうその姿をみただけで笑いが止まりません。しんちゃんもされるがままでちょっと困ったような照れ笑いをしています。

私は「何が起きているの？」と思いながら、ただただこれから起こることにワクワクしました。みんなで輪になって踊り、よくわからないままステップを踏みました。そのうち背負い籠が運び込まれ、そこに座るように促されたので私が座ると、それを背負ったのはなんとしんちゃんでした。

私を背負ったしんちゃんがアミ族に案内されるままステージを歩きます。「さあ、二人が結婚しましたよ〜。みんなお祝いましょう〜。おめでとう！ おめでとう！」きっとそんなシーンだったと思います。観客は誰もいませんでしたが、アミ族に私たちの結婚を祝ってもらったような至福の時間でした。

最後に三三九度のような二人でお酒を飲むシーンがあり、その結婚のシーンは終了。記念写真も撮ってもらいました。台湾での最高のサプライズでした。

今、その頃の写真を見ながら執筆していますが、どの写真をみても私が心から楽しそうに笑っています。一切のストレスから解放されて台湾を楽しんでいたのでしょうね。

花蓮から台北へは台湾鉄道に乗り、小籠包をたくさん食べ、思い出をたくさん胸に帰国しました。羽田空港の検温で37度あった時は焦りましたが、なにかあればすぐ病院へと注意を受けただけでした。旅が素晴らしすぎて、「ありがとうございました」と言いながら泣きそうでした。「じゃ、また積善でね～」なんて言いながら、空港でしんちゃんと別れ、私は羽田からバスで家に向かいました。

バスの中で旅の疲れでウトウトとしていると、妹から携帯に電話が入りました。「積善のまりさんって人からさっき家に電話があったよ。携帯が繋がらないから家に電話したって。台湾のことは内緒なんでしょう。ちょっと出かけてるって言っておいたから…」と。

この頃には妹は私たちのことを理解してくれていたので、妹にだけにはしんちゃんと台湾に行くことを話しておいたのです。言っておいて良かったと思いました。しかし帰って早々まりさんに電話せねばならず、いっきに現実に引き戻されるようでした。

1回誰かと結婚したら…、驚きの言葉の裏側

積善には派遣で働いている方、自分で事業をされている方、夢を追い続けている方、主婦の方から学生さんまで様々な会員さんが出入りしています。ある時、結婚相談所に就職したばかりという石川さんという女性がいらっしゃいました。

きれいな方でしたが、骨格がしっかりしたやや大柄の女性で、高さのあるハイヒールがよけいに彼女を大きく見せました。きれいに巻いたカールの髪に、目に

はブルーのアイシャドウをキュッとひき、「ファンデーションは塗りすぎでは？」と思うくらい厚塗りだったのでお顔が白くテカテカしていました。

おそらく、彼女は積善に来ている会員さんの中で、婚活で悩んで方がいたら結婚相談所に紹介して欲しいという思いだったのでしょう。石川さんの話には明らかにその気持ちが見え隠れしていましたが、それを知ってか知らずか、しんちゃんはその話の流れにはせず、うまく話を交わしていました。

石川さんの結婚相談所にご縁のありそうな方がいればもちろんご紹介も頭にないわけではないですが、積善を石川さんの鉱山にされても困るという思いだったのでしょう。

石川さんは、自分が就職した相談所がどんなに会員数が多くて成功例が多いかを熱く語ります。今まで全くご縁がなかった男性がめでたく素晴らしい人と結婚したとか、成婚したカップルからたくさん感謝の言葉をいただいているとか―。コーヒーも飲まずに話し続けますが、しんちゃんが「そうかぁ。これから楽しみだね。頑張ってね」と言うと、脈がないことを察したのか「ええ、また来ますね」と言い、すっかり飲むのを忘れていた冷めたコーヒーを一気に飲み干すと分厚い書類をカバンに押し込んで帰って行きました。

石川さんが帰った後、しんちゃんは携帯を取り出し、メールをずっと見ていなかったことに気付いたかのように、タバコを吸いながら忙しそうに携帯メールを打ち始めました。

「花ちゃん、コーヒー入れて〜」と言われたので、スタッフ用のインスタントコーヒーを淹れて持って行きました。しばらくしてメールを打つのがひと段落したのか、コーヒーを一口飲むと「花ちゃん、結婚相談所に入る?」と投げかけました。

「えええええ!」です。考えてみたら、しんちゃんと出会ってから「えええええ!」と言うことばかりですが、この時も何を言ってるのかさっぱりわからず「えええええ!」でした。

「ということはつまり、私と別れると言うことですか? 何か失礼なことをしたのでしょうか? だとしたら謝ります」と驚いて聞き返しました。そんなのわけがわからない、何か理由があるはずだと思いながら、その次の言葉を怖いと思いながら恐る恐る待ちました。

しんちゃんはすぐに、迷うことなく「別れないよ」と言いました。そして「別れないけど、一回結婚しなさい」とも言いました。「花ちゃんはさ、一回誰かと結婚したら良いよ。それでその人とうまくいけば、ずっと共にすれば良いし、もしも嫌になったら僕のところに帰ってきたら良い。僕は花ちゃんが大事だから大丈夫。いつでも花ちゃんを受け入れるよ」と言います。

どういうことなのか最初はわからなくて、しんちゃんの言うことをどうにか整理しようと精一杯でしたが、「出戻りだったら、ご両親も僕とのことを許してくれるんじゃないかな」と言う言葉にようやくことの意味を悟りました。

そして「それもありかも」なんて割とすぐに納得する自分がいました。

「あの、でも石川さんのところに入った方が良いのでしょうか？」と聞くと「それは関係ない。でもあそこは大手だし、花ちゃんの家の近くにもあると思うよ。調べてみなよ。会員数が多いことは確かだし良いと思うよ」。そう言うと、しんちゃんはまたメールを打ち始めました。「ああ、忙しいなあ～」なんて言いながら…。

果たして、私たちのような恋愛をしている人が世の中にはいるのだろうか？　そんなことをぼんやりと考えていました。かくして、その後、私は結婚相談所に入ることになったのです。

結婚・離婚をして、しんちゃんと早く結婚したい

「結婚相談所に入ろうと思う」と言うと両親はそりゃあ喜びました。ようやく人並みのことを考えてくれたようだと安心したのかもしれません。私は複雑な思いを抱えながら、近くの相談所に登録をしました。面倒見の良さそうな、その道25年というおばちゃんアドバイザーさんが担当になり、それはそれはよくお世話をしてくれました。

とにかく数を設定してくれる方で「花さん、次の土日、空いているかしら？　もし可能なら午前一人、午後一人で、お見合いを設定します」と、そんな電話はしょっちゅうでした。

登録している男性の学歴、年収、プロフィール（名前はない）などが書かれた冊子が送られてきて、そこからも8名ほど選べたり、男性からのリクエストも送られてくるのですが、それとは別枠でそのアドバイザーさんが面倒を見てくれるので私はいきなりデートで大忙しになりました。

忙しくはなりましたが、しんちゃんとは積善が終わった後、いつも食事をしたりしていて、「この間、年収1000万って人とお見合いしたけれど、その後連絡がなかった」とか、「病院に勤めている人とお見合いしたけれど始終、院内での怪奇現象の話だった」などと、むしろ私にとって相談所に入ったことは「しんちゃんに話すネタが増えた」くらいのことで、その報告をすることを楽しんでもいました。しんちゃんも「へえ、そう。良かったね」と日常会話を楽しむくらいの様子でした。

ほどなくして「花田さん」という方に出会い、しばらくお付き合いをしたことがあります。「花つながりですね～」なんて名前の一文字が共通だっただけなのですが、出会った時からなんとなく親近間が持てる方でした。

タバコは吸わず、お酒もたしなむ程度。早稲田大学卒業で仕事は誰でも知っている大手企業。身長は180センチくらいで、相談所にいることが不思議な方でした。

「僕、アトピー性皮膚炎で、いつも顔が赤いので女性から嫌われちゃうんですよ」なんて言っていました。確かにいつも耳からうっすら血が滲んでいるのは気になりました。でもお母様が占い師で、そのせいかどうかはわかりませんが、ちょっと人とは違う視点で物事を見ていることが面白く、会っている間はいつも会話が弾みました。メールのやりとりの頻度もちょうど良い回数でした。

デートで行くのはたいてい「おしゃれな居酒屋」で、「ここのポテトは絶品ですよ」とか、「ここの煮物はアレンジが美味しいんですよ」などとお勧めを教えてくれました。この人となら結婚しても「まあ、いいかな」と思え、話は進んで行きました。

ある日の排卵期、しんちゃんとホテルのルームウェアに着替えながら「花田さんとのお話進めちゃおうかと思ってるの」と話しました。しんちゃんは「わかったよ。良かったね」とだけ言って、ニュースを観るためテレビを付けました。

その後、両親に花田さんを紹介するために、パレスホテルの最上階にあるレストランをセッティングして4人で会いました。両親はすぐに花田さんを気に入ったようで、父などは「今度はぜひうちに遊びに来てください」と言い、「田舎ですけど静かで良いところですよ」などと言いながら、小食の父にしては珍しく、出されたフランス料理をすべて平らげ、ビールを飲み、好きな日本酒まで楽しんでいました。

けれどこのお話はこの時をピークに終盤に向かい始めました。私がここから未来に進めなくなったのです。それまでは結婚してもしんちゃんとの仲も続くのだから何も変らない。2年くらい結婚生活をしたら何かを理由に離婚して、その後はしんちゃんと結婚できるのだから何も心配しなくて良いと、そんな風に楽観的に思っていたのです。でも何かから目が覚めるように、もしくは憑きものがとれるかのように花田さんへの気持ちが急速に冷めていくのを感じました。

そして「そういえば、いつもデートは花田さんの家の近くだった。なんでいつも私が1時間も時間をかけて行かねばならいの？」とか「稼いでいるならご馳走してくれても良いのに、なんでいつも割り勘だったんだろう？」などと小さなことが気になり始めました。

そして花田さんのことが急にとても嫌になりました。特に何があったわけではありませんが、きっとあのパレスホテルがこの話の終着点だったんだなと、そう思うしかありません。もう花田さんの顔を見ることも嫌になり、彼にはメールをしました。

今までのお礼をたっぷり書いて、けれど不満もちょっと書きました。「今後は女性にはたまにご馳走してあげてくださいね」なんて余計なことですが…。

花田さんは丁寧なメールを返信くださり、メールの最後は「私が至らなくてすみませんでした。お互い良い人と結婚できたら良いですね」と結ばれていました。花田さんには大変失礼なことでしたが、私は「すぐにまた婚活を再開して、早く結婚と離婚をして、しんちゃんと結婚したい」なんて思ったのです。

Part 5
初めての一人暮らし同棲時代

まりさんの Birthday 事件

積善のまりさんは基本、とても良い人でした。スタッフや会員さんの面倒見も良かったですし、心が繊細で細かいことによく気が付く人でした。

まりさんに教えていただいたことはたくさんあります。お中元・お歳暮などの人付き合いのマナーや、お祝い袋の中袋に一言メッセージを添えると良いことも教えてくれたのはまりさんでした。何かにつけ、文章を書かせていただき、良い文章の書き方も教えていただきました。

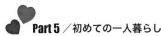

そして、お金に対する考え方や、ビジネスの基本はすべてまりさんから教わったといっても過言ではありません。

ただ、彼女はいつも一番であらねばならず、自分が注目されていないことを許さない人でした。気分にもムラがあり、すごく親身に大事にしてくれる時期があったかと思うと、手のひらを反すように徹底的に攻撃してくることも多々ありました。

スタッフたちの中では私は大事にしてもらった方だと思いますが、ある時、まりさんの誕生日をうっかり忘れてしまったことがあります。

まりさんには「誕生日のお祝いメールは午前中に相手に送るのが常識」という定義があり、メールが午後になってしまっただけでも八つ当たりをされたスタッフもいます。それなのになんと私は一日遅れてしまったのです。

「まりさんお誕生日おめでとうございます。本当は昨日でしたのに一日遅くなってしまってすみません」とメールをすると、しばらくしてから「ありがとうございます」と返信がありました。

その日はそれでなんとか済んだと思っていましたが、後日、積善で会った時にもう一回「先日はすみませんでした」と謝ると、なんとまりさんはハラハラと涙を流し始めました。顔から首、手の先まで真っ赤になり、手の甲は怒りで血管が浮き出るようでした。二重で大きな目できっとして私をにらみつけると「あなたに私の大事な誕生日を忘れられるなんて思ってもみなかったわ！　私がどんな思いで今年の誕生日を過ごしたかあなたに分かるかしら？」と怒鳴ってきました。

私はとても失礼なことをしてしまったと思い「申し訳ありませんでした」と謝りましたが、まりさんの涙は止まるどころか、更にぼたぼたと落ちてきます。

「午前中待ったけれどあなたからメールが来なくて、忙しいのだろうと思ったけれどまさか翌日になるなんて、私があなたに何をしたっていうの？　どうしてそんな仕打ちを私が受けなければならないの？」。「花さん」と呼ばずに「あなた」というところにも、まりさんの強い攻撃的な気持ちが見えました。

そして、その抗議はその日だけでは収まらず、次に会った時も延々と続きます。何時間も何時間も、会員さんがいない時間はずっとまりさんは私を攻め続けました。そして「あなたは今、私に言われておもしろくない気持ちだろうけれど、真上先生に愚痴なんかこぼさないでね！　あなたが先生に何を喋ったかは私に筒抜けだし、私は人より勘がいいから分かるのよ！」と言い放ちました。

それは心臓の奥深くにある柔らかなところに、無遠慮に氷の剣をズブズブと押し込まれたかのようでした。「悲しそうな顔もしないでね。そんな顔をしたら私があなたに何か不快なことをしたみたいじゃない？」そう言うと、まりさんはようやく言うだけ言ってすっきりしたのか、何事もなかったかのように閉店の支度を始めるのでした。

私たちの東日本大震災

2011年3月11日。積善には私としんちゃん、そして奥の部屋にはまりさんと会員さんが一人いました。

まりさんは、自分が今愛用している化粧品の話や、お母様が若い頃おしゃれだった話など、とにかく自分の話ばかりしていました。しんちゃんは煙草を吸いながら新聞のニュースを読み、ちょっと難しい顔をしていました。

私は「冷蔵庫にあるケーキをお昼に食べようかなぁ」などと思いながら、皆にコーヒーでも淹れようと食器棚に手をかけました。するとその時です。グラっと地中奥深くからひっくり返されるような大きな揺れがありました。グラグラ！グラグラ！と。パソコン机の上に、いつも美郷さんが積み上げっぱなしにしていた箱や書類がバサバサッと落ちてきて、お皿やカップがガチャガチャとぶつかり合う音、ビルがひしめくような大きな音がしました。

今まで経験したことのない揺れ方に「え!? なに！」と思っていると、向こうの部屋でまりさんが「きゃあ！」と悲鳴を上げました。外に出ると周辺の人たちが建物から出てきています。東日本大震災でした。

中にはショックで道路に座り込んでしまった人もいて、みんながオロオロしていました。何が起きたかはわかりませんでしたが、何かとんでもないことが起きたことだけはわかりました。会員さんには「とにかくすぐに帰った方がいい。交通機関が今すぐなら大丈夫だと思うから、さあ早く！」とまずは会員さんを帰しました。

その後、しんちゃんとまりさん、私で座りながらニュースを見たりしていましたが、まりさんにも「早く帰った方がいい。今ならまだ帰れると思うし、もしもの場合は娘さんに迎えに来てもらいなさい」としんちゃんが言うとまりさんは「え？」と言いながら「私も先生と一緒にいたい」という顔をします。でも「いいから早く帰りなさい！」と急き立てられ、しぶしぶと積善を出て行きました。

その頃、私は実家から片道1時間半以上もかけて通っていたので、すでにもう帰れないだろうと思いました。「今夜はここで泊まればいいや」くらいに思っていましたが、しんちゃんは「花ちゃんもここにいたら危ない。僕とレンタカー屋に行こう。すぐ行くよ」と手を引いて連れ出してくれました。

タクシー乗り場やバス停には人が長打の列になっていました。レンタカー屋に着くと「最後の1台です」と言われ、私たちの後の方は「もうお貸しできる車はありません」と断られていました。

なんとか車を手に入れ、とにかく安全な所へとしんちゃんが車を走らせてくれました。すでに停電になっていて、あたりは真っ暗です。信号機にも灯りがありません。闇の中をのろのろと車を走らせていくとコンビニで大量に物を買っている人の姿や、おそらく家に向かって歩いているだろう人たちをたくさん見ました。

そんな中、私たちは幸運にも一軒のラブホテルを見つけ、中に入ると「まだお部屋はありますよ」とのこと。まるで何もなかったかのようにそこは明るく暖かでした。「あの食事なんて…ありますか？」と聞くと「お部屋にメニュー表がありますから、そこから注文してください」と普通に言います。

テレビでは「２００～３００人の遺体を発見か！」という速報が流れる中、私はしんちゃんと一緒にいたお陰で、温かな食事とベットで一夜を過ごすことができました。

後で聞きましたが、まりさんはあの後、何時間もタクシーを待ったそうです。寒くて怖くてでもどうすることもできなくて、夜になってようやく娘さんが車で迎えに来てくれたそうです。

「あの時はすごく大変で、どうにかなりそうだった！　今度、もしそういうことがあったら、絶対に先生と離れないから！　離れるもんですか！」と何度も宣言していました。そして、なぜか「花さんはあの時どうしたの？」とは聞かれませんでした。

初めての一人暮らし、たまに同棲

東日本大震災の後、しばらくして会員さんからの要望もあり、積善を開けておく時間を長くしました。単純に時間が長くなったので、終わってから1時間半以上もかけて家に帰るともうへとへとでした。お風呂場で寝てしまうことはしょっちゅうで、下手をすると食事中にも眠くなり「ゆこ！　お皿に顔がつくぞ！」と父に怒られたこともあったほどです。

そんな様子を見ていた母が「ゆこは家から通うのがもう限界かもね。家を出て仕事に行きやすい場所に引っ越す？」と言いました。それは正に青天の霹靂で、そんなことがあるのかと思いました。父も母も教育者だったということもあり、厳しい家庭でしたので家を出るとしたらお嫁に行く時だろうなと思っていました。「これはチャンス！」と思い、すぐにしんちゃんに連絡すると「そうか！　わかった！　さっそく積善の側でアパートを探しなさい」と言います。

家を探すなんて初めてのことでしたので何もわからず不動産屋さんに行って、1件目の内見で即契約。積善から歩いて10分弱にある築30年くらいの小さなアパートでした。引っ越しの日もトントン拍子に決まり、私は必要最低限のものだけを運び込み、初めて実家を離れた生活が始まりました。ただし、そこはしんちゃんと一緒に住む場所ではなく、しんちゃんがたまに来る場所でした。

引っ越しを機会に、他の仕事を辞め、週5日で積善に入るようになりました。

引っ越したアパートは木造の古いアパート。6畳のワンルームでお風呂とトイレが一緒のユニットバス。料理をする場所と言えば、一口電気コンロがポツンとあり、壁にはお玉などをかけられるようにピンが差してありました。その下はなんとかまな板を置くことができるほどのスペースしかありません。

ロフトがあったので、ほとんどの荷物はそこに置き、寝る場所もそこにしようかと思いました。でも、それにはしんちゃんが「寝ぼけてそこから落ちたら危ないから絶対やめろ」と大反対でした。

隣との境の壁はペラペラで、たまに隣の部屋から夜中に大音量で音楽が聞こえてくることがありました。ある時、しんちゃんと1つの布団で寝ようとしたところに、突然その大音量の音楽が始まったことがあります。耐えかねたしんちゃんがベランダに煙草を吸いに行き「ああ、わかった。お隣は彼女が来て、今やってる最中だね」とポツリ。そんなことも分かってしまうようなアパートでしたが、実家から出たことがなかった私は「初めての一人暮らし、たまに同棲」のような暮らしをなんとなく楽しんでいたのです。

たいした料理はしませんでしたが、電気鍋を買ってきてカレーを作ると、しんちゃんが「こんな美味しいカレー、食べたことない！」

と大絶賛で喜んでくれましたし、どんな形であれ、二人の生活が始まったことに幸せを感じていました。

しんちゃんは独身でいた方が良いかも…

しんちゃんはほぼ会社で寝泊まりすることが多く、アパートで一緒に住んでいたわけではなかったのですが、それでも二人で夜を過ごす時間はグンと多くなりました。

それまでは知りませんでしたが、しんちゃんは会社関係や取引先とのやりとりだけでなく、会員さんからも電話やメールをよく受けていました。特にまりさんの娘であるこはるちゃんからの電話が一番多く、しんちゃんはテレビを見ることもせず、「うんうん。そうかそうか～」と話に付き合っていました。

まりさんは結婚して間もなく旦那様を病気で亡くして、ほぼ一人で一人娘のこはるちゃんを育ててきたそうです。しんちゃんが出会った時は、こはるちゃんはまだ中学生でした。まりさんも仕事で忙しくしていたので、こはるちゃんはいつも独りぼっち。勉強の仕方もわからず成績は今一歩だったそうです。でもまりさんに似て、プライドだけは高かったので自由気ままに絵を描き「私は勉強なんかしなくても絵の才能があるからぜんぜん平気！」と強がっていたそうです。

しんちゃんはそんなこはるちゃんをかわいそうに思い、まるで娘のように面倒を見てきたのです。ある時は友人関係での悩みや進学のこと、恋の話に付き合い、時には家庭教師のように勉強の仕方を教えたこともあったそうです。

ほんとうにやさしくて面倒見の良い人です。こはるちゃんだけでなく、悩みを相談してくる会員さん一人一人をしんちゃんは大事にしていました。電話の時間は長くても15分ほどでしたが、それにしても「こんな遅くに？」という時間に電話をしてくる方もいて、私にとってはいちいちおもしろくないことでした。

ある時、こはるちゃんが泣きながら電話をかけてきたことがあります。声が大きかったので、内容が聞こえてきてしまいました。恋の相談らしく「もうどうしていいかわからない〜。パパどうしよう〜」と。「パパって呼ばれてるんだなぁ」

なんて思いました。

内容がきちんと聞こえたわけではないのですが、何度か聞こえてくる「パパ」に、

「もしもしんちゃんに奥さんがいたら、こはるちゃんはこんな時間に電話をしてくるだろうか？」と思いました。

誰にでも心の隙間に冷たい風が吹き込み寂しかったり、思い悩むことはあります。そんな時にしんちゃんに話を聞いてもらうだけでどれだけ救われていることか。

しんちゃんに妻がいて、家庭があったら、それができなくなってしまうかもしれない。しんちゃんとの結婚を希望することが、人の幸せを奪うようにも思えて、私は「しんちゃんはずっと独身でいた方が良いかもね」とつぶやいていました。

Part 6 転機のキッカケとなる人たちとの出会い

熱海社長の奥様、秘密を癒してくれる唯一の存在

「うちの熱海《あつみ》社長に花ちゃんのメールアドレスを教えたから、今度連絡が来ると思うよ〜」。

実はしんちゃんは積善の他に、自分が立ち上げた会社を持っていました。なんの会社なのか詳しくはわからないのですが、主に中国やアメリカとの取引がある物流会社のようでした。熱海社長は、20年ほど前にしんちゃんとその会社を立ち上げた方で、しんちゃんにとっては相棒みたいな存在だったと思います。

その方からある時メールをいただきました。「奥様、真上会長にお世話になっております熱海と申します。突然のメール、失礼いたします。今後ともどうぞよろしくお願い申し上げます」と。シンプルですが、隙のないメールだなと思いました。

それから熱海社長による「奥様」から始まるメールが来るようになり、ことあるごとに報告をくださるようになりました。

「奥様、真上会長は来週からアメリカ出張になります。いない間はお寂しいことと思いますが、何かありましたらわたくし熱海までご連絡ください」など。メールの最後は必ず「お身体ご自愛くださいますようよろしくお願い申し上げます」で結ばれていました。

そして、「奥様、お友だちになりましょう」と、私を「奥様」と呼ぶ人がもうひとり増えました。熱海社長の奥様です。

狭くて古いアパートの一室で、前の住人が付けたであろう壁のシミをぼんやり見ながら、「奥様ってほどの者でもないですけどね」なんてひとりツッコミを入れました。

「奥様、うちの主人がね、最近、真上会長の奥様は素晴らしい方だよってよく話すの。真上会長が会社で奥様の話をよくするんですって。デスクにも奥様のお写真があって、とてもきれいな方だって言ってたわ。なんだか私興味が湧いちゃって、主人に奥様のアドレスを聞き出しちゃったの。ごめんなさいね」。

初めてとは思えないグイグイ入り込んでくるメールでしたが、どこかかわいくて憎めないなとも思いました。「奥様」と呼ばれることも嬉しかったですし、秘密にしなくて良い、なんでも話せることに解放感を覚えました。

秘密を持ち続けていると、その秘密に疲れることがあります。熱海社長の奥様はその疲れを癒してくれる唯一の存在でした。

私はなんだか嬉しくて「熱海社長の奥様がお友だちになってくれたのよ！」としんちゃんに話すと、「よかったね。ミスなんとかにもなった人で美人さんだよ。花ちゃんほどじゃないけど～」なんてしんちゃんも嬉しそうに笑います。

それから2日も経たないうちにメールがありました。

「奥様、実は私ね、ずっと子どもができなかった時代があるのよ」なんて話から始まり、「結婚して10年経ってもできなくて、そりゃあ毎月毎日が辛かったわ。またできなかったと思った時の喪失感って辛いわよね。でも諦めていた頃にある婦人科の先生に会い、アドバイスをいただいたら妊娠できたのよ」と続きます。

「あら！ いきなりこんな話でごめんなさいね。でもその先生とは今も親交があってね、よかったらご紹介したいわ！」と、メールとは言え、その気迫と言ったらすごいもので、「絶対会ってみるといいから！」と言った感じでした。

私はちょっと不安はありましたが、「会員さんのことを思ったらしんちゃんは独身でいた方が良い」という気持ちはあったものの、「子どもさえできれば幸せになれる」という気持ちもまだ強く、「ええい！ なんでも試してみよう！」と決意。頭であれこれ考えるよりも先に「ご紹介お願いします」とメールを打っていました。

奥様は直ぐに婦人科医の先生に連絡をしてくださったようで、ほどなくして「婦人科医をしております利木《りき》と申します」とのメールが来ました。

婦人科医利木《りき》先生、心がザワつく出会い

熱海社長の奥様を介して、婦人科の利木先生とのお付き合いが始まったのはアパートに越して来た年の冬でした。

利木先生はキリスト教系の大きな病院にアルバイトで勤務している婦人科医とのこと。最初は「アルバイト?」と思いましたが、開業を考えているドクターなら資金を貯めるためによくあることのようでした。

先生とのやりとりは電話とメールのみ。病院で診察してもらった方がよいのでは? と思いましたが先生は、「診断しなくても判ることがたくさんありますから、まずは僕の質問に答えてもらうことと、お話をしましょう」と言われました。

先生とは夫婦生活のことはもちろん毎日習慣にしていること、一日の過ごし方から仕事の話、ストレスになっていることなどをたくさん電話やメールで話をしました。不思議なのですが、電話で聞く先生の声はしんちゃんそのものでした。年齢はしんちゃんの方がずっと上でしたが、低くて太くて、でもどこか温かくて、

忙しいと無愛想に「じゃ、また」と切ってしまうところも似ていました。

そのせいもあり、とても話しやすかったので先生と話す時間は日に日に増えていきました。実はそのことを私はしんちゃんには言いませんでした。きちんと病院で診断を受けているわけでもなかったので、話せば「そんなバカな話があるものか。止めろ止めろ！」と言われるに違いないと思いましたし、しんちゃんには話せなかった積善での辛いことも先生に話していたので、後ろめたさもあり何となく話せなかったのです。

ある時、ふとしたことから先生が「実はうちの妻がね」と、プライベートな話を始めたことがあります。奥さんがどうやら浮気をしているらしい、そして子どもたちに自分の悪口を吹き込んでいるようなんだと…。

私は「え？ 先生みたいな素敵な旦那様がいるのに、奥さんが浮気なんてすることがあるんですか！」と話を聞きました。そろそろしんちゃんの来る時間だったので、小さな電気ストーブをつけて部屋を暖めながら、それでも真剣に先生の話を聞いたのです。

きっと先生はそんな話ができる人が他にいないのだろうなと思いました。「花さんは聞き上手ですね。僕、今日は花さんの話を聞かなくちゃいけないのに、つい自分の恥ずかしい話をしてしまった。今日はすみませんでしたね」。そんな風に先生は話すと、今度お勧めのサプリメントを送りますから、飲んでみてくださいと言いました。

そろそろしんちゃんが駅に着くだろう時間になったので「あ、今日もありがとうございました。サプリメント、楽しみにお待ちします」と急いで電話を切ろうとすると「花さん、あの…」、私は早く電話を切らなくちゃと思いながら「先生、そろそろ主人が帰ってきちゃうから」と言い終わるか言い終わらないかのタイミングで「花さん、ご主人と幸せになれないなら僕が花さんを幸せにしたい」と言うのです。

先生の言葉は「これだけは今日必ず伝えないと!」という強さがあり、私はびっくりして返事をすることもなく電話を切ってしまいました。急に心臓に痛みを覚え、部屋の寒さとは違うザワッとした寒気を感じました。その気持ちに反して顔はほのかに赤くなるのを感じました。

「なんてこと…」体が固まってしまったかのように動けずにいると、その空気を一掃するかのようにピロロン！と電話が鳴り、それはしんちゃんでした。「いま駅だからこれからいくよ〜。何か買い物があれば買っていくけど〜」と。私は「必要なものは何もないから気をつけてね」とだけ言い、温かい飲み物を淹れるためにお湯を沸かそうとしましたが手に力が入らずやかんが手から滑り落ちました。床に空しく転がるやかんが目に映ってはいましたが、小刻みに震える手をギュッと抑えて、しんちゃんに悟られまいとすることで精一杯でした。

利木先生からの求婚メール

春の兆しを感じる暖かなある日、まりさんの娘、こはるちゃんが結婚式を挙げました。ドラマの撮影でも使われるというチャペル付きのおしゃれな式場で、どこからでも明るい日の光がたっぷり入る広くて白い空間。外には緑豊かな英国風のガーデンがあります。

　式場に行くと黒留袖を着たまりさんが年配の女性と話をしていて、すぐにまりさんのお母様だとわかりました。まりさんは私たちに気付くと軽く頭を下げました。きゅっと結い上げた髪の毛に、まりさんの母としての緊張感を感じました。

　最初に話かけてきたのはお母様の方で「真上先生、今日はありがとうございます。娘やこはるがいつも手を焼かせているようですみません。うちの子たち、わがままで大変でしょう？」と。どうやらお母様はしんちゃんと面識があるようでした。黒のスーツの男性が多い中で一人だけ薄いグレーのスーツを紳士的に着こなしたしんちゃんが、「いやいや、積善を手伝ってもらってとても助かっているんですよ。私が海外でいない時もまりさんがいるので安心なんです」などと話をしていました。

　ほどなくしてプリンセスのようなこはるちゃんと新郎が登場し、つつがなく式は進行していきました。私は次々に出されるお料理を口に運びながら、しんちゃんとまりさんたちの距離感が気になって仕方がありませんでした。

まりさんが「うちは娘も家族みんなが先生にお世話になっているのよ」とよく話していましたが、あながち嘘でもないんだなと思いました。それくらいしんちゃんはまりさん家族に溶け込んでいたのです。

お腹がだんだん満たされてきて、新郎新婦が衣装直しに部屋から出て行った頃、こっそり携帯をみると利木先生からメールが入っていました。

「離婚した妻と子どもが荷物をまとめて出ていきました。あっさりしたものですね。子どもは寂しそうでしたが、妻は別れの言葉もなく立ち去って行きましたよ。実は花さんのことを両親や姉たちにも話してあります。写真を見せたら〝美人な人だね～〟って、みんな僕たちのことを喜んでくれて、〝いつ会わせてくれるの？〟なんて言っています。花さん、これからは僕たち二人の幸せを考えていきましょう」という内容です。

私は携帯をパタンとたたむと気持ちが固まりました。私は利木先生と結婚して、しんちゃんには独身でいてもらおう。そうしたらこはるちゃんは「パパ」を失わずに済むし、それが積善のみんなのためでもあるのだから。それでいいんだからと…。

式から帰り、心を決めてしんちゃんに事のすべてを話しました。最初びっくりしていましたが、「それで花ちゃんが幸せなら、わかったよ」と。「花ちゃん幸せになるんだよ」としんちゃんは静かに微笑みました。

止まらない涙と慟哭、心の叫びは「しんちゃん」

両親にも報告し、美郷さんや積善のみんなにも電話で「実はいまお付き合いしている方がいて、プロポーズを受けました」と伝えると、みんな「ええ！　そうだったの？　良かったですね」と言ってくれました。

「どんな人なの？」などと聞かれ、「お医者様なの」と答えながらちょっと誇らしげでもありました。一通りみんなに報告し終え、そのあと気晴らしに駅前のカラオケに行きました。私は一人カラオケが大好きで、楽しみたい時はもちろん、ストレスがたまった時もよく一人で歌いに行っていました。

３人も入ったらギュギュウであろう小さな部屋に案内され、アイスコーヒーを頼み、よく歌う平原綾香さんや一青窈さんの曲を選曲しました。周りの部屋からは調子のはずれたアニメソングが聞こえてきます。窓のない狭い部屋で歌い出すと、ツーっと勝手に涙が頬をつたって落ちてきました。

「あれ？　なんでだろう？　私はいま幸せなはずなのに」そう思いましたが、そんな私に構わず後から後から涙があふれて止まりません。気付くと私は嗚咽していました。

頭では「これで良いんだ。私は幸せだ。だってお医者様と結婚するんだし、両親も積善のみんなもお祝いしてくれる」と思っていましたが涙はあふれるばかり。それどころか次第にわーん、わーんと声が漏れ始めました。

カラオケルームの室内ということもあり、私は遠慮なく子どものように泣き始めました。わーんわーんと。きっと私の魂が泣いていたのだと思います。ますます遠慮なく魂は大声で泣き続け、やがて呼吸をすることが苦しなりました。

泣き叫ぶ魂を鎮めるかのように両手で自分を抱きしめ、そしてぐちゃぐちゃに壊れかけた魂から出てきた言葉は「しんちゃん」でした。

それは出口の見えない暗くて深いトンネルの穴から遠いしんちゃんを求めるかのように、届くはずのない声で私は「しんちゃん」と呼び続けました。

二人で住む場所、しんちゃんの決意

「利木先生と結婚するの止めます」としんちゃんに話しました。それは外で夕食を済ませたあとのアパートの部屋だったと思います。しんちゃんはラフな部屋着に着替え、据え付けの棚にある自分の荷物を見ていました。

アパートは「二人で住んでいる」という感じではありませんでしたが、いつの間にかしんちゃんの着替えなど、ある程度のものは揃いつつありました。しんちゃんは、それをここから出さないとなぁと思っていたのだと思います。

しんちゃんは私の言葉に、視線をこちらに向けると「どうしたの？ その人のこと、好きなんでしょう？」と言いました。私は「好きだったのかどうか…もうわからなくなっちゃった。今は、好きどころか何の気持ちもなくなっちゃったの。こんなことを言っては失礼だけど、ほんのちょっとの気持ちも今はないの。利木先生にはごめんなさいを言うつもりです」と打ち明けました。

しんちゃんは「ああ、そう」とだけいうと、タバコに火を付けて壁にもたれかかるように座りました。

アパートに帰ってきた時に何気なく付けたテレビからは、今日のニュースが流れていました。ちなみにそのテレビは熱海社長が「奥様と会長、お二人の癒しの時間に」とプレゼントしてくれたもので、狭いアパートにはとても似つかわしくない大きくて立派なものでした。

しんちゃんはほんの少しタバコを吸っただけでその火を消すと「花ちゃん、テレビ消して」と言い、私も床にキチンと座りました。しんちゃんは私をまっすぐ見ると「引っ越しをするのはどうかな？」と言いました。

「部屋数があって二人で住める場所に引っ越そう。ご両親にもきちんと話すよ。いい？」と。「いい？」と聞かれましたが、だめな理由なんてありませんでした。

それは私たちが付き合い始めて12年経った初夏のことでした。早速、翌日から不動産屋巡りを始めました。

両親に秘密を打ち明けた日

引っ越し先は築40年程の古いライオンズマンション、3DKの部屋でした。部屋の仕切りはアコーディオンカーテンで仕切られていて雑な作りだなぁと思いましたが、9階で見晴らしが良かったこと、遠くに富士山が見えること、畳の部屋があることが気に入りました。

入居した当時は畳が張り替えたばかりで、井草の良い香りがしていました。しんちゃんもタバコを吸いながら、「収納スペースもあって良いなぁ。ここの壁に絵でも飾ろう」なんていろいろと見渡しながら楽しそうにしていました。

そして荷物の整理も終わり、部屋が落ち着いてきた頃に両親を招きました。私にとっては運命的の一日です。今までの秘密をいよいよ打ち明ける日がやってきました。

しかし、不思議とその日がどんな一日だったのかを思い出すことができません。きっと相当気が高ぶって興奮していたのでしょう。それともいつもの「誰にでも好かれるしんちゃんマジック」が働いてその影響で記憶がおろそかになったのか分かりませんが、ともあれ両親は私たちの住むマンションにやって来ました。

「良いところねえ。駅からも歩いてちょうど良い距離だし、来る途中にお店もあって良いわね」と母はそつなく話し、父は無口でした。両親は一応しんちゃんと面識はありましたが、改めて「いつもお世話になっている積善の真上先生です」と紹介しました。

しんちゃんは「いつも花さんがいてくれてとても助かっています。会員さんたちからも花さんが一番人気があるんですよ」と話しはじめ、——自分は花さんをとても頼りにしていて、人生の今後を花さんにお願いしたいと思っている。二人でここで生活していきますし、何に使っても良いように２００万円ほど入っている通帳も預けてあるんです——みたいなことを続けて言いました。

母は「やっぱりね」みたいな顔をしましたが、父はちょっと怒ったような顔をしていました。まさか、自分と年齢の変わらない男性とそんなことになってるなんて思っていなかったのだと思います。

けれど、そこは「誰にでも好かれるしんちゃん」です。そんな父の表情を知ってか知らずか、構わず「僕はおとうさんの故郷の福島に行ってみたいなあ。学生の頃に一度だけ行ったことがあるんですよ。良いところですよね。今年のお盆はお墓参りに行かせてください。そのあと温泉にでも行きましょう！」と続けます。

なんだかわからないけれど、良い方向に話が運び、気付くと父も「田舎でなにもないですが、よかったら…」と話していました。

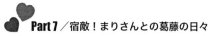

Part.7 宿敵！まりさんとの葛藤の日々

相変わらずのまりさんの言動に苦しむ

28歳差の私たちの結婚は一つの進展をみましたが、相変わらず妊活に励む日々は続いていました。「子どもさえできれば積善のみんなも納得してくれる」という気持ちが相変わらずありましたし、「子どもさえできれば未来は明るい」という気持ちをずっと持ち続けていました。

変わったとしたら「しんちゃんの遺伝子を残してあげたい」という気持ちが加わったことかと思います。70歳を超えても積善ともう一つの仕事を手がけ、本気でビジネスに取り組み、世界を飛び回る姿を尊敬し、誰にでも親身に寄り添う姿、何よりも「誰からも好かれてしまうマジック」という素敵な魅力を持ったしんちゃんの遺伝子をこの世界に残してあげたいと思いました。

積善は相変わらずまりさんの気分次第の日々です。まりさんは家から鍋を持ってきて皆に簡単で美味しいおやつをその場で作って振る舞ってくれ、楽しい話題で皆を笑わせることもありました。でも、ちょっとでも気に入らないことがあると、それが会員さんであれ、スタッフであれ構わず悪口を言い、それに同調しないことを許しませんでした。

スタッフの中では一番、ビジネス脳を持った人でもあり、手腕を発揮することも多々ある一方、まりさんの言動のきつさや、自分勝手さを理由に積善に来ることを止めるスタッフや会員さんもいました。

ビジネスに関してはまりさんの他にもビジネス脳を持った人もいましたが、まりさんは自分が発案したことはしんちゃんの了解を得て話をどんどん進めます。そして、他の人の発案に関してはその場で握りつぶします。なので次第にスタッフがビジネスのことを考えることを止め、「まりさんがやることに従っていればいいや」みたいになってしまいました。

そんなまりさんのことを、しんちゃんも薄々は分かっていたと思います。けれど私は以前まりさんに「あなたは今、私に言われておもしろくない気持ちだろうけれど、真上先生に愚痴なんかこぼさないでね！ あなたが先生に何をしゃべったかは私に筒抜けなんだから！」と言われたことで、なるべくしんちゃんの耳には届けまいとしていましたし、おそらく他のスタッフもそうだったと思います。

実は私は利木先生と別れたことを積善のみんなに話していませんでした。「プロポースされたくらいで、普通は人に言わないわよね」というまりさんの声も私に届いていましたし、なんだか面倒くさいなと思いそのままにしていたのです。

でもその後の話がないので、それに業を煮やしたまりさんが、ある日の夕方、積善を閉めてみんなが帰り支度をしている最中に「ところでさぁ！ その後、結婚の話はどうなってるわけ？」と切り出してきたことがあります。

私が「え？」と振り向くと他のスタッフはおそらく関わりたくない一心で、気配を消すかのようにあっちの方を向いていました。

私の返事を待たずにまりさんは「今後あなたは妊娠するかもしれないわよねぇ！そうしたら、私たちはあなたが流産でもしたら困るからいろいろ気にかけなきゃならないじゃない？ 精神的なことで流産することもあるだろうから、あなたがミスをしても注意もできなくなるのよ。だから何かあれば言いなさいよね！」。そして「ねえ、美郷さんたちもそう思うでしょう！」と美郷さんや他のスタッフに投げかけました。

みんなは賛同するでもなく黙って首だけ縦に動かしていました。「そんな言い方しなくても…」なんて言う人は誰もいませんでした。それだけみんなにとってまりさんは恐ろしい存在なのです。私は「すみません。はい。そうですね」とだけいい、誰と話しをするでもなく外に出て駅に向かいました。

駅までは歩いて13分くらいでしたが、歩いても歩いても駅に着けずに20分以上も歩き続けているような気がしました。そして「こんなに気持ちの休まらない環境にいて妊娠なんてできるのかな…」なんて思いました。

ダイヤの婚約指輪をはめる勇気

ライオンズマンションにはベランダに据え付けの小さな花壇がありました。私は何も知らないながらに、花を植えたり、シソやパヤリ、ミニトマトなどのあまり手をかけなくても勝手に育つものを植えて楽しみました。

しんちゃんも「土が古いよ」とホームセンターで土を買って入れ替えてくれたり、水をあげてくれたりと、むしろ花壇の手入れを積極的にするのはしんちゃんの方でした。

アパートにいた頃は電気コンロが一つしかなくて、仕方なく電気鍋でカレーを作ったりしていましたが、マンションでは二口のガスコンロを買い、料理が苦手な私も少しは台所に立つ時間が増えました。

リビングにはソファーを買い、目の前には大きなテレビがありました。それは引っ越し祝いにと熱海社長がプレゼントしてくれたもので、アパートにいた頃もテレビをいただいていましたが、なんと更に大きく立派なテレビをいただきました。たいていはテレビからはニュースが流れていて、しんちゃんはそれを耳で聞きながらたばこを吸い、携帯のメールを見たりしています。

9階の窓からの外の景色はとても心地よく、南の大きな窓からみえるのはコンビニや他のマンションの明かりばかりでしたが、ベランダからは富士山を観ることができました。季節によっては遠くに花火が見えることもあり、私にとってそれは癒しの景色でした。

そんな風に私たちの生活が徐々に落ち着いてきたある夜、夕飯を終えて私が食器を片付けているとしんちゃんが「花ちゃん、終わったらちょっとそこに座って～」と、ニコニコしながら2つの箱を出してきました。

「あけてごらん」としんちゃん。開けてみるとそれはダイヤのリングとダイヤのブレスレット、キラキラ輝くダイヤの輝きが目にしみるようでした。「婚約指輪だよ。指輪はサイズがぴったりだと思うよ。僕、花ちゃんの指は絶対これくらいだって思って買ったから」と話します。

しんちゃんの言うとおり、ほんとうにサイズはぴったりでした。「わぁ！どうも

ありがとうございます」と思わず返します。婚約指輪をいただける日がくるなんて夢のようでした。けれど同時に「これをはめて積善に行ったら、みんなに、特にまりさんに何を言われるかわからない。どうしよう」とも思いました。なので指輪はいただいたものの、積善にはつけていくことができず、私はしばらく指輪を引き出しにしまいっぱなしにしてしまいました。

するとそれを見透かすかのようにある日の夜、熱海社長が「奥様、うちの妻は以前、結婚もしていないのに結婚指輪をはめていた頃があります。私が言うのもなんですが、妻は昔から美人でずいぶんもてたようなんですね。あんまりたくさんの方から言い寄られてそれが面倒だったので結婚指輪をはめることにしたんだそうです。おもしろいですよね。そういう指輪のはめ方もあるんですね」と。そして「奥様、今は積善でじぃ〜っと辛抱せねばならいこともあると思います。真上会長は分かっていらっしゃいますよ」とメールにありました。

「真上会長は分かっていらっしゃいますよ」。その言葉にどんなに私が救われたことか。

翌日から私は左の薬指に婚約指輪をはめて積善に行きました。会員さんの中には「花さん、結婚されたのですか！」と言ってくる方もいましたが、「あ、私この年になってもけっこうお見合いに話があって面倒くさくて〜」と適当にごまかしました。しかし、何故かまりさんや他のスタッフがそれに触れることは一切ありませんでした。

結婚写真撮影、ここまでこれたのは奇跡

「お写真だけできちんと撮らない？」ある時、結婚写真を撮ることを提案しました。もともと結婚式そのものにはそんなに興味はありませんでしたが、「ウェディングドレスくらいは着たいなぁ」と思いましたし、なによりしんちゃんと二人のきちんとした写真が欲しいと思いました。

しんちゃんも二つ返事ですぐに賛成してくれたので、私はいろんな写真スタジ

オのプランを見て結局一番近くのところに決めました。ドレスの種類はそんなにありませんでしたが、私に一番似合いそうなシンプルなウェディングドレスともう一着を選びました。

両親用の留め袖の貸し出しがあることを知り、「そうだ、両親にも来てもらおう！」と考えました。それまでは「二人の記念写真が撮れればいいや」くらいにしか思っていませんでしたが、実家に電話をすると電話口に出た父が、すでに撮影の日にちが迫っていたにも関わらず「それはどんなことがあっても行かなくちゃ」「おかあさんも自分の留め袖を着て行くって言っているよ」と言ってくれたのです。

私にとっては「ちょっとした記念写真」でしたが、父が「どんなことがあっても」と言ってくれたことで、ほんとうの結婚式を間近に控えた花嫁の気分になってきました。

当日はまず私のメイクから始まりました。メイクの方がテキパキと私の髪の毛を巻いたり、ふさふさのブラシで顔に色を重ねていく最中、スタッフの方々が「今日はおめでとうございます」と代わる代わる言ってきました。そんな心遣いも身にしみる嬉しさでした。

少し遅れてしんちゃんも支度に入り、すべて整えて花嫁姿を見せにいくと、グレーのタキシード姿のしんちゃんは目を細めてまぶしそうに私を見て「きれいだね」と言いました。

スタジオには大きな窓のある宮殿からシンプルな壁まで様々な背景があります。私たちは緊張しながらも、カメラマンの「あっち向いて〜」「見つめ合って〜」「はい寄り添って〜」などの指示に従いました。

「もっと首をこっちに向けてくださ〜い」などの無理な姿勢に笑ったり、「あ、もしかしてタバコが吸いたくなってないかな」と心配したり、とにかく始終楽しくて仕方ありませんでした。

両親のスタジオ入りは、休憩後の後半。「わあ！ゆこ、きれい！」、母は白いウェ

ディングドレス姿の私を見るなりそう言うと、しんちゃんの前に立ち「先生、今日はどうもありがとうございます。この子にこんな日を迎えさせてくださってほんとうにありがとうございます」と頭を下げました。

そして「ゆこ、ほんとうに良かったね。ほんとうにほんとうに良かった！」と言いながら、むしろ母の方が泣きそうだったかもしれません。父もしんちゃんに挨拶しながらとても嬉しそうでした。

70代の両親と、70代の新郎、40代の新婦、そんな4人だけの結婚式でした。ここまで来れたことが私にとっては「奇跡」にしか思えませんでした。

まりさんと『おくりびと』。戸惑う、まりさんの言動

映画『おくりびと』をまりさんと二人で観に行ったことがあります。たぶん積善のスタッフの中で私はまりさんに大事にされていて、その時も「花さん、おもしろそうな映画が公開されてるから、みんなには内緒で二人だけで行きましょう

よ」とお誘いいただきました。

普段自分勝手さが目立つまりさんでしたが、二人きりの時は別人のように優しかったのを覚えています。積善にいる時は、そこを任されている責任感もあり、肩に力が入りすぎていたのかもしれません。いつもは何事もテキパキしているのに、よそで会うまりさんは喫茶店での飲み物ひとつすぐに決められなくて「どうしよ～。カフェオレも飲みたいし、あ～、ケーキも美味しそう。花さんごめんなさい。もう少し迷わせてね」なんてかわいい面もありました。

『おくりびと』を観た後も「花さん、映画に付き合ってくれてありがとう。一緒に観れてよかった。話題どおり斬新なテーマでおもしろかったわね。私、ＣＤも買っちゃうわ。積善でみんなで聴きましょう」と楽しそうに話していました。

たまたま私が通い出したカルチャースクールに、半年ほど遅れてまりさんが通い出したこともあります。ほんとに偶然で、その時も「花さんは何を受講してるの？私が今学んでること、絶対に花さんもおもしろいと思うから資料をコピーしてあげるわね」とたくさんの資料をくれたこともありました。おもしろい講座や先生を見つけると「この先生おもしろそうなんだけど、花さんはどう思う？　花さんだったら受講する？」なんて聞いてくることもありました。

たくさんのブランドのベルトや服をいただいたこともあります。「Foxyというブランド、花さん、知ってる？」と言われ、私はとにかくそういうことに疎かったので「すみません。知りません」と言うと、「お嬢様系のブランドなんだけど花さんなら絶対に似合うと思うの。今は私すっかりビジネススーツばかりだけど、昔はこういうのを好んで着ていて、特にFoxyは親子三代でも着れるっていう品質も良いお洋服なの。娘のこはるは趣味が違うみたいで着てくれないし、花さんが着てくれたら嬉しいんだけど」と。「ありがとうございます。喜んでいただきます」と即答すると、まりさんは早速翌日から何回かに分けて10着以上のFoxyを持ってきてくれました。

どれもセンスが良く上品でしたし、私の好みのものばかりでした。でも残念なことに私とまりさんではサイズが違いました。長年引き出しにあったせいか保存状態もあまりよくなかったので、私は一枚一枚リフォーム屋さんでキレイにしてもらわねばなりませんでした。それでもせっかくいただいたものですし、着ている姿を見せたらまりさんが喜ぶかもと思ってリフォームの済んだFoxyのスーツを着ていったことがあります。

当然「わぁ！　着てくれたの？　ありがとう」の言葉を期待していましたが、そこはやはりまりさんのことです。機嫌が悪い日だったのかもしれませんが、返ってきた言葉は「え？　かっこう悪い」でした。「私が着ていた頃って、そんな感じだったのかしら？　なんだかかっこう悪いわね。嫌だわ」まりさんは時として刃物のような言葉を投げかけることがあり、それがなければ良い人であることも多いのに、私はその刃物に耐え切れず、いただいたお洋服をすべて捨ててしまいました。

「もう死んじゃいたい」、まりさんからのパワハラ

一時、積善でのまりさんの言葉の刃物がエスカレートした時期があります。もともと気分次第でしたから、機嫌のよい日、悪い日はまりさんのバイオリズム次

第でしたが、機嫌の悪い日が続く時は、まりさんの家庭で何か問題が起きているということもしばしばありました。

その時は分からないのですが、後になって「ちょっと前に娘のこはるが仕事がうまくいかなくて大変だったの。それがまるで私の育て方が悪かったのせいみたいに言ってきて、まいっちゃったわ」などと言うので、スタッフのみんなは口には出さなかったものの、各々「ああ、そういうことでとばっちりを受けていたのか」と理解しました。

その頃、お店での私の役割も少しずつ大きくなり、しんちゃんは、今までまりさんに頼んでいたことを私に頼むことが一つずつ増えていきました。それが拍車をかけたのか、私に対するいわゆるパワハラも日に日に度を越していきました。

ある時は「花さんってなまってるのね。東北地方のズーズー弁が日ごろの会話に出てるわ」というので、「え？　そんなこと言われたことないですけど…」というと「確かお父さん、福島の人よね。あなたは気付かないけど、きっと家で福島弁で話してるのよ。ズーズー弁で！」とか。

また、ある時はしんちゃんがスタッフのみんなをカニ屋さんに連れて行ってくれたことがあります。たまたま私がしんちゃんの目の前に座りました。お通しの塩辛を「これ食べられないから花ちゃん食べて」と言われて受け取ると、すかさずまりさんが「花さんのお父さんって酒飲みなのよね。だからあなたもそんな酒のつまみみたいのが好きなんだわ！」と言い放ちます。自分のことだけを言われることはまだ我慢ができましたが、尊敬する大好きな父のことを悪く言われることはたまらなく嫌でした。

このようなパワハラじみた出来事が繰り返されていくうちに、徐々に私の精神は更にもろく弱くなっていくようでした。

「早く妊娠してここから出て行きたい」その気持ちばかりがたかぶり、けれどもそうならない現実に打ちのめされ、気付くと私は45歳を過ぎていました。妊娠したとしても、そのリスクは高まるばかり。刻々と妊娠できなくなる日も近づいているのを感じました。

また、今まではそんなに気にならなかったのですが、会員さんたちの「花さんって美人なのにお付き合いしている人いないの？」とか、「結婚はした方が良いわよ〜すごく幸せになるから」などという罪のない会話にも嫌気がさしてきました。そのたびに「私、実はとっても素敵なパートナーがいますし、子どももいるんですよ」なんて言える日を夢に見ました。

しかし、そんな現実はなく、毎朝、起きると「また目が覚めてしまった」と朝が来たことにうんざりし、「今日はまりさんに何を言われるのだろう」と恐怖で心臓が爆発しそうでした。

見かねたしんちゃんが、まりさんに注意をすることもありました。けれど注意されればされるほど「真上先生は私に信頼があるからこそ注意してくれるのよ」と、むしろそれがまりさんの中にある「私が一番真上先生に信頼されている大事な人」という信念を強くしているようでした。

ある時も、もうなんのことだったか忘れましたが、まりさんが何かの勘違いから、私に文句を言ってきたことがありました。私が「それは勘違いです。話を聞いてください！」と言っても取り合ってもらえず、もうほとほと嫌になった私の口から出てきた言葉は「もう死んじゃいたいなぁ。私…」でした。

まりさんは「そんな言葉で私を脅すつもり？」と大きな目でキッと睨んできました。珍しくそばにいた美郷さんが私を心配して、しんちゃんにその時のことを報告してくれました。そんな時、たいていはみんな「我、関せず」で知らないふりをして過ごすのに、普段あまりしゃべらない美郷さんが心配したのだから、相当なことだったのだと思います。

まりさんからのメール、逃れられない悪魔の呪縛

確かにまりさんを理由に積善から離れる人はいました。でも、まりさんが担当している仕事は多く、まりさんしか分からないことも多々あったので、すぐにまりさんに辞めてもらう選択肢は積善にはありませんでした。

私の朝は「また、まりさんとの一日が始まる」という深く大きなため息から始まり、道を歩きながら積善が近づくと動悸がしてきて、その苦しさに思わず足を

止めることもありました。

どうにもできない毎日でしたが、しんちゃんは事あるごとに私を遠くに連れ出してくれました。今思うと、気晴らしをさせてくれていたのだと思います。

仕事が終了する頃にメールが入り「終わったらドトールコーヒーの前で待っていなさい。金沢に行くから、今夜は途中のどこかで泊まろう」なんていう急な旅行に連れて行ってくれることもしょっちゅうでした。急なことなので、いつも車の中から良さそうな旅館やホテルを探しました。宿探しなどはあまり得意ではないのですが、下調べもなく思いがけず良い旅館に泊まれた時の喜びは想像以上でした。

ある時、たまたま泊った下呂温泉でのことです。夕飯の時間も過ぎていたのに、すぐに美味しい食事を用意してくれて、旅館の入り口からの心を込めたおもてなしもあり、それらに感銘を受けたしんちゃんがチップを一万円も弾んだこともありました。旅館の方もびっくりされて、その土地の幸やお菓子をたくさんお土産にいただいたことがあります。

桜の時期はあちらの桜、こちらの桜を車で観に連れ出してくれました。ある時は千葉の海を見せてくれたり、仕事で長野県に行く時には「昼間は一人で散策していなさい」とゆっくりした時間をいただいたり、そんなことが度々ありました。熱海社長も私のことを気にかけてくださり「奥様、真上会長とのご旅行で日ごろのことは忘れて楽しんでいらしてください」などとメールをくださいました。

「旅行の間だけでも、日ごろのことは考えずに過ごそう」と思いましたが、その最中も容赦なくまりさんからメールがくることもあり、内容は業務連絡のようなものではありましたが、私には逃れられない「悪魔の呪縛」のように思えました。

Part 8
真上さん、おかあさんにもなれた幸福

お気に入りのマンションを買う

私が46歳、しんちゃんが74歳。しんちゃんは、出会った頃と比べると、少し痩せて顔が小さくなったように思えましたが、その年齢には決して見えない若々しさがありました。日本の普通のおじさんは着ないだろうなと思う上品なスーツを着こなし、その辺で買ったであろうTシャツさえも、しんちゃんが着ると上等な品に見えました。

姿勢が良く颯爽と歩くことも手伝い、誰もしんちゃんが70代だなんて信じませんでした。髪の毛も黒く染め、美容にも気にかけていました。「これ、花ちゃんも使うといいよ」と、肌の角質がポロポロ落ちるジェルを勧められた時は、ちょっと笑ってしまいました。

しんちゃんはどちらかと言うと以前の方が「体調を壊して入院」なんてこともよくあったように思います。

仕事が桁違いに忙しかったということが原因ですが、「奥様、真上会長が今日倒れられまして今、病院にいます。日頃の疲れからきているようですが今夜は一晩点滴を打ってこちらで様子を見ます」という熱海社長からのメールが来ることも度々ありました。

そして年を追うごとに、このようなことは少なくなっていったように思います。ただ、仕事の量も以前よりは少なくなったとは言え、70代になっても「のんびり」なんて言葉とは無縁のしんちゃんでした。

そんなしんちゃんに、ある時まとまった大きなお金が入ったことがあります。マンションの更新が近かったこともあり「花ちゃん、家を買おう」と。「新築のマンションでも良いし、なんなら庭付きの一戸建てもいいね」なんて言いながら、二人で未来を描いて盛り上がりました。

その頃はまだ「もしかしたらいずれ3人の生活になるかも…」なんて淡い夢を描いていたので、「子どもも遊べて、お友達も遊びに来れて～」なんて思っていたのです。想像するだけでワクワクし、そんな未来が私にもあるのかと信じられない思いでした。

けれど、その大きなお金もしんちゃんが「誰かのためになるように」と施設に寄付をしたり、また日頃お世話になっている方々に振る舞ったりとしているうちに段々と考えが現実的になってきました。「あんまり広くても掃除が大変ね」とか、「部屋数があっても使う部屋は限られちゃうよね」という感じです。

結局「中古マンションの2DKでも十分だね」というところに考えが着地し、ある日の休日、二人で不動産屋に行って2件内見してから、そのうちの一つを即決しました。

古いマンションでしたが室内はリフォームされていて、まるで新築みたいにきれいでしたし、都心にしては緑も多く、病院やコンビニもすぐ近くにあるのが気に入りました。

9階の部屋から2階の部屋になったため富士山は見えなくなりましたが、その分、庭のお花が見えるようになり、大地が近いって地に足がしっかりついているような気がして良いと思いました。

引っ越しは秋の初めでした。しんちゃんも私も仕事が忙しかったので、荷物を詰めてくれるところからまるごと業者にお願いしました。そして、引越しの日取りも決まり、あとはその日を待つばかりだったある日、しんちゃんが倒れました。

二人の絆を深めた胆摘出手術

積善から帰るとしんちゃんが布団の上でうずくまって苦しんでいました。慌てて「どうしたの?」と駆け寄ると「病院に連れて行ってー」と。顔は青ざめて血の気を失い、額にはポツポツと玉のような汗があり、声は苦しい中でようやく絞り出したかのようなか細く力のないものでした。

普段からあまり弱音を吐かず、体調が悪くても隠すことが多いしんちゃんが「病院」というからには相当のことだったのだと思います。それでもまだなんとか動けそうだったのでタクシーを呼び、近くの総合病院の緊急外来に急ぎました。最初は看護師さんに自ら受け答えをしていたしんちゃんでしたが、気付くと痛みに耐えかね、車いすの上で気絶してしまいました。

ドクターや看護師さんが慌ただしく行きかい、「身内の方ですか？　すぐに手術になります。書類にサインをしてください！」と言われました。私は身内ではないのでどうしようかと思っていると、そこへ「兄から連絡を受けました。妹です」と妹のふみさんが駆けつけてくれました。

ふみさんは都内からはちょっと離れたところに住んでいましたが、連絡を受け、慌てて車を走らせて来てくれたようでした。電話では話したことはありましたが、実際に会ったのはその時が初めてです。ふみさんは「いつも兄がお世話になって〜」と言うと「突然だったので髪の毛もこんなで、化粧もしてないし、なんだかごめんなさいねぇ」と照れたように笑いました。

私が「私の方こそ、いつも真上さんにはお世話になりっぱなしで、ご挨拶も遅くなりすみません」と言うとふみさんは「手術って大変ねぇ。でも私たちにできることは何もないし、終わるまで何をしていたらいいかしらねえ〜」なんて言いながら病院の窓から空を見上げました。

ふみさんはちょっと小柄で目が細く、親しみやすい雰囲気でした。手術中は、二人でぽつりぽつりとたわいもない世間話をしていたと思います。ふみさんがバックからチロルチョコレートやキャラメルを出してくれて、私がチョコレートの紙をむきながら「チロルチョコレートってかわいいですよね！」なんていうと「これ昔から好きなのよ〜」なんてほのぼのと笑いました。

ほどなくして、しんちゃんがオペ室から出てきましたが麻酔が効いていて眠ったままなので、あとは病院に任せて帰ることになりました。

翌日は、積善のまりさんに妹のふみさんが連絡をしてくれました。ふみさんが私に「兄のことは私がやるから大丈夫よ」と言ってくれましたが、悩んだ末、腰痛を理由に積善を休むことにしました。

まりさんに電話をすると「ええ～腰痛なの？　大変ね。こっちは大丈夫よ。真上先生も病気で3日くらいこちらを休むことになるみたいなの。花さんも、身体を大事にしてね。無理しちゃダメよ」と。いつになくまりさんが優しかったので、「嘘をついて悪いな」とも思いましたが、ふみさんのお陰もあり、入院中のしんちゃんにしっかり付き添うことができました。

しんちゃんの受けた手術は「胆摘出手術」です。執刀医の先生によると、しんちゃんの胆のうは炎症がひどく、あともう少し遅れていたら大変な状態だったそうです。「あんなになるまで痛みを我慢しちゃったんですね。相当痛かったと思いますよ」と言われました。

入院は4日ほど。最初は管が繋がれていて痛みもあり、おとなしくしていました。でも、しばらくすると「ごはんがまずいなぁ」と文句を言いだし、「タバコが吸いたい」と勝手にベットの傾斜を変えたり、「コンビニ行っちゃおうかなぁ～」と本当に出かけるふりをしたりと、しんちゃんはみるみる元気を取り戻しました。

その間、まりさんが「お見舞いに行きますからどこの病院にいるか教えてください」と言ってきたそうですが教えなかったそうです。

そして退院したある日、「まりさんがさ、入院中にお世話に行きたかったのにってあんまり言うから、入院中は花ちゃんがずっといてくれたから大丈夫だったたって言ったよ」と。「今、なんと?」、ええええええ〜〜〜! と私は久しぶりにおののきました。

妊活の終わり、頑張った自分を誇らしく感じる

「入院中は花ちゃんがずっといてくれたから大丈夫だったよ」とまりさんに言ったとは聞きましたが、私はそのことに関しては「知らぬ存ぜぬ」を貫こうと思いました。きっと向こうからはその話はしてこないだろうと思ったのです。

実際、まりさんがそれに触れてくることはなく、恐ろしいほどに普通の日常がくりかえされました。私たちは無事、購入したマンションに引っ越しも済ませ、

新しい生活が始まりました。

当たり前のように過ぎていく日常の中で、もしかしたらしんちゃんはそんなことをまりさんに言っていないのではないか？　とも思いました。積善でコーヒーを淹れながら聞く、会員さんたちの話のなかには「子どもが学校に行かなくなってしまって」とか「子どもがこの間、彼女をつれてきたんだけれど、それがとんでもない子でね」なんて子どもの話も多く、「子どもがいたらいたで、大変なんだな」なんて思いました。

けれどそれでもいつも「今月こそは妊娠―」と思っていました。ただ、しんちゃんも年齢よりも若くは見えますが、頑張りたくても昔ほどはできないことも多くなりました。世間では「50を過ぎて初産です」なんて話も聞きましたが、妊娠したとしても健康な子どもに恵まれるだろうかという不安も次第に大きくなっていきました。

いつかはその不安が終わることも分かってはいましたが、ゴールを迎えることがたまらなく恐怖でもありました。もしもこのまま授かることなくゴールを迎えたら、頑張り続けた歳月が水の泡になってしまう。それはまるですべての夢を取り上げられ、子どもを授かるために努力をしてきた十数年間の私を闇に葬られるかのような恐怖でした。

けれどそんな私に構わず月日は流れ、49歳で私の生理は終わりました。その日が来ることに怯え、泣きたくなることも多々ありました。しかし、いざその日を迎えてみると、自分でもビックリするくらいそれはあっさりしたものでした。「終わってしまった」と悔やむよりもむしろ「私、がんばったなぁ」と思ったのです。

しんちゃんも同じ思いだったと思います。妊活を始めてからの十数年、体外受精までは考えなかったものの、婦人科で受診したり、妊活に良さそうなサプリメントを飲んだり、専門の先生に相談に行ったり、スピリチュアル系に頼って遠方まで出向いたり、常識的にはどうか？と思うことなどもいろいろ試しました。

なんならそれだけで一冊本が書けそうな勢いです。結果が出せずに終わることに怯えた日々でしたが、結果が出せなかったけれどもあれだけ頑張ることができた自分を誇らしくさえ思いました。

　毎月毎月、夢を描いてはそれを打ち砕かれましたが、いま思うと夢を描いている時間は積善での嫌なことを忘れることができたので、もしかしたらその時間こそが神様からのプレゼントだったのではと思ったりします。

宿敵・まりさんとの別れ

　しんちゃんの入院中に私がずっと付き添っていたことに関しては、まりさんもスタッフの誰もそれに触れることはありませんでした。でも一度だけ、その総合病院の名前が話題に上がったことがあります。

　確かスタッフの一人がそこで人間ドックを受けるという話だったかと思います。きれいに折りたたまれたパンフレットを広げてみんなに見せてくれていたので、私は何も知らないふりをして「へぇ〜きれいな病院ですね。良さそう」と言いました。するとまりさんが「あなたが知らないはずないわよねえ！」と突き刺すように声をあげました。みんなシーンとして、ほんの一瞬ですが空気が冷たく固まったように思えました。

もしかしたら、そこにいたスタッフたちも知っていたのかもしれません。どちらにしろ、その声の上げ方で「ああ、まりさんはやっぱり知っていたんだな」ということに確信が持てました。

それがきっかけかどうか分かりませんが、その後、まりさんは積善を辞めました。理由はお母様の介護などで通うことが難しくなったのでということです。荷物は2回に分けて持ち帰りましたが、机の中のものを出して袋に詰めていく姿はとても寂しそうでした。

いつもテキパキして、いかにも自信がありそうに胸を張って歩くまりさんでしたが、その時は背中も丸まり、なんだか小さく老いて見えました。とはいえ最後までまりさんはやっぱりまりさんで「私が辞めるんだから、みんなもっと悲しそうにしなさいよ。こんな最後は嫌だわ」などと言い、みんなは返す言葉もなく、ただまりさんの様子を見守りました。

振り返ってみれば、まりさんはまりさんなりに気を使い、しんちゃんを全力でサポートしていたのです。「しんちゃんの立ち上げた積善」だから、積善を大事にしてきたのです。きっとそこに骨をうずめる覚悟でいたのだろうと思います。

荷物をすべて詰め終え一息つくと、最後にまりさんは私に手を差し出し、「花さん、良かったら連絡ちょうだいね。これからもよろしくね」と手を握りました。ギュッと握ったその手は弱く、いま思うとそれはまりさんの最後の精一杯の「常識」だったのかなと思います。

養子縁組で「真上」姓となる

「養子縁組が良いと思う。うちの会社の弁護士にも相談したけど、結婚が無理なら養子縁組したらいいと言ってたよ」と。それまでも何度かしんちゃんが「籍をいれようか?」と言ってくれることはありました。けれど、その度に積善のスタッフや会員さんたちの顔が思い浮かびました。

しんちゃんを夫のように父のように慕う人は相変わらず多く、その方たちの夢を裏切らないためにも「しんちゃんは独身でいた方がいいよ」と言い続けてきました。でも、だんだんとしんちゃんも年を取ってくると、この先の保険の受取人のことや相続のことを考えざるを得ないことが増えてきました。正直なところ今まで結婚の選択をしなかったのは、スタッフや会員さんのことを考えていたこともちろんですが一番怖かったのはまりさんでした。

まりさんは「自分こそが真上先生にとっての一番の存在」と思っていたので、それを裏切ったらどんなことになるかと想像するだけで怖かったのです。その恐怖がなくなったこともあり、以前よりは前向きにしんちゃんとのことを考える余裕ができました。

私たちはその養子縁組という方向で話を進めることに決め、たまたま二人がお休みだった7月7日に一緒に役所に行きました。平日にも関わらず役所は人であふれていました。なんでだろう？　と思いましたが、7月7日の「七夕」にちなんで婚姻届けを出す若いカップルたちであふれていたのです。

51歳の私と79歳のしんちゃんはその中では浮いていたと思います。「そうか〜、みんなは婚姻届けなんだね」、私たちはそれではなかったのですが、幸せなカップルたちにあやかるかのような嬉しい気持ちになりました。たまたま選んだ日にちが「七夕」だったことが、神様からの祝福にも思えました。

「花ちゃん、これで僕と同じ真上になったね」と言われて涙が出そうでした。結局、私たちは結婚をすることはしませんでしたが、これが私たちにとって最高の選択だったと信じています。

しかし、予想外だったことが一つあるとしたら、しんちゃんが私のことを「おかあさん」と呼ぶようになったことです。「はあ？」です。「花ちゃんは僕のたいせつなおかあさんでしょう」と。「おかあさん、おはよう」「おかあさんのごはん美味しい〜」「おかあさん、今日はどこに行こうか？」おかあさん、おかあさん、おかあさん……。

「真上さんにもなれたし、私、おかあさんにもなれたんだなぁ」なんて思うと笑ってしまいます。しんちゃん、ずっとずっと元気で長生きしてくださいね。そんな日が1日でも長く続きますように—。

Part 9

夫婦円満の秘訣

家族や周囲の反対や世の中の偏見、自分の中での葛藤や苦しみ、いろいろな出来事を乗り越えて、今、良き夫ともに幸せな人生を送っています。

28歳年上の夫と結婚するという、普通の人では体験できない様々な経験をしたらからこそ、「夫婦円満の秘訣」をお話しさせていただけるかと思います。夫婦関係でお悩みの方には、是非、参考にしてください。

⑴ 料理は一品でもいいから徹底的にほめる

私は料理が得意ではありませんでしたが、しんちゃんは、とにかくカレーに関しては徹底的にほめてくれました。何度作ってもいつも一口目に「すごい！やっぱりおいしい!!」と。「すごいね！こんな美味しいカレー食べたことない！」「もうよそではカレーを食べられないよ」「実家に送ったらお父さんたち喜ぶよ！」「僕の母さんにも食べさせたかったな〜〜」などなど。ちょっと大げさで、「え？」と思ったりもしますが、たかがカレーでもやっぱり嬉しいです。

⑵ たとえ手作りが味噌汁だけだとしても家で食べることの大事さ

ある時期、全く料理をしませんでした。仕事も忙しかったし、しんちゃんも何も言いませんでした。しかし外食ばかりが続いたある夜、「僕が味噌汁作るから朝ごはんは家で食べようよ」とボソッと。そう言われて「これはまずい！」と思い、それからは極力ごはんを作るようにしました。夜はお弁当を買ってきてしまうこともありますが、味噌汁一品でも手作りのものがあれば、しんちゃんは喜んでくれます。今思い返すと、外食ばかりの頃は会話も少なかったように思います。家で二人で食べるからこそ気兼ねない話しもできますし、笑ったりじゃれたりできます。家で食べることって大事ですね。

⑶ タバコをとやかく言わない

たまに会員さんの中に親切な方がいて、しんちゃんに「タバコは身体に悪いですから元気で健康でいるためにもお止めになった方が良いのではないですか？」と言う方がいます。しかし、私がしんちゃんにそれを言ったことはありません。しんちゃんに会うまで、私はタバコが大嫌いで否定的でしたが、今は「それくらいの楽しみがあっても良いよね」と思います。だってあんなに仕事で頑張っていて頭も使うし、それくらいのご褒美があっても良いと思うのです。

⑷ 誕生日月に二人で「人間ドック」

しんちゃんと私は誕生日月が一緒なので、いつも年に一度、誕生日月あたりに「人間ドック」を受けます。健康は自分のためでもありますが、「相手のため」でもあるのです。健康を害してしまってから「もっと前に検査しておけばよかった」と後悔しないためにも相手に迷惑をかけないためにも、年に一度の人間ドックは欠かしません。

⑸お互いの先祖を大事にする

お互いの先祖のお墓参りを年に一度は必ずします。私の先祖に関しては、むしろしんちゃんの方が率先して予定を立ててくれます。自分の先祖だけだってなかなか大事にできないことが多いのに、相手の先祖まで気にかけてくれるなんて感謝しかありません。

⑹相手の家族を大事にする

しんちゃんのご両親はすでに他界しています。「僕が今親孝行できない分、花ちゃんのご両親を大事にしたい」と。年に1、2回は旅行に連れて行ってくれます。日頃の会話にも「花ちゃんのお父さんとお母さんにも食べさせたいね」とか、「旅行に連れて行ってあげたいね」と。私はしんちゃんのお陰で親孝行ができていると思います。

(7) 出かける時は見送る

いつもではありませんが、できる限り出かける時は玄関の外に出て見送ります。出かける方は何度も振り返りながら、まだ見ていてくれてるなぁと思えば手を振ります。ずっと見守ってくれていることが嬉しいのです。

(8) 手を繋ぐ

かつてはしんちゃんが私の手を引いてくれました。今は「花ちゃん、僕おじいちゃんだから手を引いて〜」と（笑）。だから私が手を引きます。

(9) お小遣い

しんちゃんはなかなかのギャンブラーでもあり、パチンコ、競馬で稼いでくることもしばしば。日頃の忙しさでパンパンになった頭をたまにギャンブルで空っぽにしたいようです。なので儲けたお金のほとんどは私に渡してしまいます。時に「軍資金で2万円ちょうだい」と言われれば3万か、4万を渡すようにしています。もともとしんちゃんからもらったお金ですし、それで疲れを癒やしてまた頑張れるなら安いくらいかもと思います。

⑽花を飾る

「玄関に花を飾ると良い」というのは風水などでも良く言われるところです。どんな花でも飾ることで、家の気が良くなります。それだけでも「夫婦円満の秘訣」となるかもしれませんが、しんちゃんはたまにその花を写真に撮って携帯に保存してくれています。「今回の花、きれいだから写真を撮ったんだよ～」と。飾った花をきちんと見てくれていることが嬉しいです。

⑾「かっこいいね」「素敵だね」

しんちゃんは私が言うのもなんですが、80歳を超えてもかっこいいです。なので「素敵だな」と思う度に、「しんちゃん、かっこいいね」「しんちゃん素敵だね」を連呼します。しんちゃんも何かにつけ「花ちゃん、美人～」「花ちゃんきれいだよ」と言ってくれます。これも仲良くいられる秘訣の一つだなと思います。

⑿ 相手のためにきれいでいる

しんちゃんは80歳になってもおしゃれですし、やっぱりかっこいいので、横に並んで歩くのに少しでもきれいでいたいなと思います。しんちゃんはしんちゃんで「花ちゃんの横に並ぶのに、かっこよくいたいから顔のしみを取りたい」などと言ったりします。相手のためにきれいでいようとするって大事ですね。

⒀ 二人で500円玉貯金

ある時、しんちゃんの妹のふみさんからポスト形の貯金箱を頂きました（なんで下さったのかはわかりませんが…）。それをきっかけに二人で始めた500円玉貯金。「私の方が500円玉を多く入れてる！」とか「僕の方が！」などと言いながら「貯まったら何に使おうか～」と夢を膨らませています。

⒁ 相手の好意を素直に受け取る

ある時期、しんちゃんがよくコンビニでシュークリームを買ってきました。しんちゃんは甘い物をあまり好まないので、私に食べさせたかったのだと思います。私が「ええ〜ダイエット中なのに〜」と言っても「疲れがとれるから食べなさい」と。買ってくるたびに「ええ〜」と思いましたが、しんちゃんがおいしそうに食べるので、まあいいかと思いました。

⒂ 頭をなでなで

よく頭をなでなでします。しんちゃんがご飯をたくさん食べてくれた時、ギャンブルで勝ってきた時、眠る前や起きた時など「いい子だねえ〜」なんて頭をなでなでします。しんちゃんも「花ちゃん頑張ってるねぇ」となでなでしてくれます。

これはかなり嬉しいです。

⒃ 夫の仕事についてよく知らない 所持金もよく知らない

実は未だに積善以外のしんちゃんの仕事のすべてを知りませんし、所持金も全部は知りません。でもまあいいかと思っています。借金は絶対にないはずなので特に追及もしません。しんちゃんが私に心配させるはずがないので。

⒄ 家事分担

しんちゃんは積極的に家事にも関わってくれます。食事のあとに、食器を洗うのはしんちゃん。拭いて食器棚にしまうのは私。血圧の薬をもらいに行ったついでに、トイレットペーパーも買ってきてくれますし、重いお米も買って来てくれます。ほんとに優しいです。

⒅ 借金をしない

しんちゃんは「借金をしない」というモットーがあります。マンションを買った時もそうでしたが、車を買う時もいつもキャッシュです。しかもすべて私名義にしてくれています。「借金を残して死にたくないから」と言うのです。

⒆ お葬式について話し合う

なかなか話題にしずらいことですが、近いうちに「いつか」に備えてしんちゃんのお葬式をどんな風にするかを話し合うことにしています。互助会に入っているので、万が一に備えて年内にある程度決めようねと。これも相手の負担を少しでも減らしておこうとする愛情の一つです。

⒇ 夫婦円満の基本の「き」

「おはよう」の挨拶は必ず相手の顔を見て元気に明るく。「昨日はよく眠れたの？」から会話は始まり、ご飯の時は「いただきます」、美味しかったら「おいしい〜〜〜〜」と言います。「行ってらっしゃい」は必ず手を止めて玄関、または外に出て見送ります。できるだけ見えなくなるまで手を振り見送ります。仕事から帰ったら「お帰りなさい」。夜、布団に入るのはほぼ一緒で布団の中で「おやすみなさい。今日もお疲れ様でした」と言います。こんな基本的なことが何よりの夫婦円満の秘訣かもしれません。

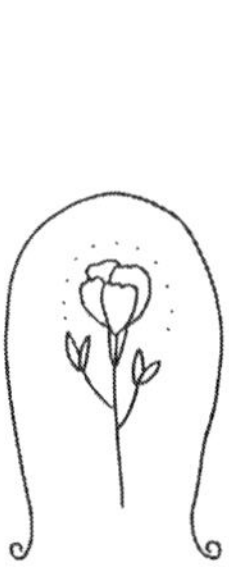

あとがき

今回、本出版のお話を頂いた時、私が20年の間に夫との生活の中で学んだ「夫婦円満の秘訣」を項目ごとに分けてエッセーのように書こうかと思いました。しかし平成出版の須田社長にご相談しましたら、「年の差婚で悩んでいる方々もいるだろうから、その方たちのために、お二人の現在に至るまでの経緯を書いたらどうでしょう」と言われました。

なるほどと思い、早速書き始めてみると昔を思い出しながらの執筆活動は、ほろ苦い初恋を思い出すかのようでした。

思い出したことを文字にしていくことがとても幸せで、朝4時半からパソコンに向かっていたこともありました。睡眠不足にはなりましたが、淡い恋愛ドラマの中を漂う感じがとても心地よくていつまでも書いていたい気持ちになりました。

どうやら私は執筆をする中でもう一度しんちゃんに恋をしたようです。81歳のしんちゃんと、出会った頃の60歳のしんちゃんの面影が重なり合い、今、しんちゃんがまぶしくて仕方ありません。

執筆を通してまさか同じ人に再び恋をするなんてことがあるのかと、自分でもびっくりしています。ある程度原稿を書き上げた時にしんちゃんに見せると、時間を見つけてすぐに読み終えてくれました。きっとしんちゃんも懐かしかったと思います。

「そういえば最近は横浜中華街に行ってないねぇ〜」と言い、「年内には久しぶりに絶対行こうね」と話しています。

今回執筆の機会を頂けましたことに感謝申し上げますとともに、本を読んでくださった皆様にも心からお礼を申し上げます。ここまでお付き合いくださり、どうもありがとうございました。

２０２４年４月吉日

花　ゆこ

平成出版 について

本書を発行した平成出版は、基本的な出版ポリシーとして、自分の主張を知ってもらいたい人々、世の中の新しい動きに注目する人々、起業家や新ジャンルに挑戦する経営者、専門家、クリエイターの皆さまの味方でありたいと願っています。

代表・須田早は、あらゆる出版に関する職務（編集、営業、広告、総務、財務、印刷管理、経営、ライター、フリー編集者、カメラマン、プロデューサーなど）を経験してきました。そして、従来の出版の殻を打ち破ることが、未来の日本の繁栄につながると信じています。

志のある人を、広く世の中に知らしめるように、商業出版として新しい出版方式を実践しつつ「読者が求める本」を提供していきます。出版について、知りたいことや分からないことがありましたら、お気軽にメールをお寄せください。


book@syuppan.jp 平成出版 編集部一同

ドキュメント年の差婚！　ISBN978-4-434-31573-2 C0036

28歳年上の夫から学んだ夫婦円満の秘訣

令和6年（2024）5月1日 第1刷発行

著　者　**花 ゆこ**（はな・ゆこ）

発行人　須田早

発　行　**平成出版**G株式会社

〒104-0061 東京都中央区銀座7丁目13番5号
ＮＲＥＧ銀座ビル1階
経営サポート部／東京都港区赤坂8丁目
TEL 03-3408-8300　FAX 03-3746-1588
平成出版ホームページ https://syuppan.jp
メール：book@syuppan.jp

発　売　株式会社 星雲社（共同出版社・流通責任出版社）
〒112-0005 東京都文京区水道1-3-30
TEL 03-3868-3275　FAX 03-3868-6588

編集協力／安田京祐、大井恵次
本文イラスト／イラストAC
制作協力・本文DTP／Pデザイン・オフィス
Print／DOza